김혜진

1983년 대구에서 태어났다. 2012년《동아일보》신춘문예에
단편소설「치킨 런」이 당선되며 작품 활동을 시작했다.
2013년『중앙역』으로 제5회 중앙장편문학상을 수상했다.
소설집『어비』가 있다.

KB106486

딸에
대하여

오늘의 젊은 작가 17

딸에
대하여

김혜진
장편소설

민음사

차례   **딸에 대하여**   7

종업원이 뜨거운 우동 두 그릇을 내온다. 수저통을 뒤져 숟가락과 젓가락을 꺼내는 딸애의 얼굴은 조금 지친 것 같기도, 마른 것 같기도, 늙어 버린 것 같기도 하다.

내 문자 못 봤어?

딸애가 묻는다.

그래. 전화를 해야지 하면서도 자꾸 잊어버리는구나.

나는 다만 그렇게 말한다. 그건 거짓말이다. 오히려 주말 내내 딸애의 문제를 생각하느라 진이 다 빠질 지경이었다. 그러나 다시금 이렇게 아무런 대안도, 방법도 없이 딸애와 마주 앉아 있다.

주말엔 어딜 간 거야?

나는 딸애가 알 만한 사람의 이름을 말하고 같이 밥을 먹었다고 둘러댄다. 뭔가 더 물을 것 같던 딸애는 그저 응, 하고 만다. 그런 뒤엔 겨우 성의를 보이듯이 한마디를 보탠다.

응. 오랜만에 바람도 좀 쐬고 하지 그랬어. 요즘 뭐 축제 같은 거 많이 하잖아.

글쎄다. 그럴 정신이 있어야지.

젓가락으로 굵은 면발 하나를 건져 먹는다. 젊은 시절엔 이런 면 음식을 즐겨 먹었다. 세 끼 중 한 끼를 꼭 면으로 해결할 정도였다. 면은 여전히 좋아하지만 이제는 먹고 나서가 문제다. 좀처럼 소화가 되지 않기 때문이다. 더부룩한 배를 어루만지고 이리저리 걸어 다니고 잠자리에 들었다가 다시금 몸을 일으키는 짓을 얼마나 반복해야 하는지. 즐거운 일들을 하나씩 잃어 가는 것이다. 나이가 든다는 것은 말이다.

대학생으로 보이는 사람들이 들어오고 식사를 끝낸 직장인들이 계산대 쪽으로 몰려간다. 떠들썩한 웃음소리와 말소리가 커진다. 어디나 온통 젊은 사람들뿐이다. 주름과 기미로 뒤덮인 얼굴. 숱 없는 머리칼과 구부정한 자세. 나는 이곳에 어울리지 않는 사람이다. 누구든 언제든 나를 향해 너무나 노골적으로 불쾌감을 내보일 것만 같다. 살피듯 조심스럽게 여기저기로 눈을 굴린다. 딸애의 우동 그릇은 빠르게 비어 가고 있다. 나는 계속 고민에 빠져 있다. 이 말을 정말 해야 할까. 해도 될까. 하지 말아야 할까. 해서는 안 되는 걸까. 그러나 내가 두려워하는 것은 단 하나다.

이번 거절로 돌아올 보복.

너도 알다시피.

한참 만에 나는 입을 연다. 알다시피. 그건 명백한 거절의 의사 표시다. 그걸 아는 딸애의 눈동자 위로 잠시 실망의 빛이 어린다.

알아. 엄마 여유 없는 거.

딸애는 말한다. 그러면서도 내게 주의를 기울이고 무슨 말인가를 더 기다리는 눈치다. 나로선 잠들어 있는 동안에도 가파르게 상승하는 이 나라의 집세를 감당할 수가 없다. 그것은 멈출 줄 모르고 무섭게 자라나기만 한다. 그것을 손에 잡기 위해 달리고 뛰어오르고 점점 더 그 강도를 높여야 하는 게임에서 나는 제외된 지 오래다.

그래. 너도 알다시피 남은 건 그 집 하나가 전부잖니.

변두리 좁은 골목에 썩은 이처럼 다닥다닥 붙은 집들. 주인을 닮아 관절이 닳고 뼈가 삭고 서서히 앞으로 고꾸라지는 이 층짜리 주택. 하루가 다르게 의기양양해지는 세상의 모든 집들과는 아무 상관 없는 집. 그게 남편이 내게 남긴 유일한 것이다. 실체가 분명한 것. 내가 통제력과 소유권을 가질 수 있는 단 하나뿐인 것.

알아, 아는데. 나도 어떻게 안 되니까 그러지. 이럴 때 엄마한테 말하지 누구한테 말해.

딸애는 젓가락으로 그릇 안을 휘휘 저으며 중얼거린다. 체념과 기대 사이를 이리저리 오가는 말투. 그러다 기어이 한마디를 더 한다. 목돈을 빌려주면 매달 이자를 주겠다는 제안이다. 욕실 천장은 누수로 얼룩덜룩하고 장판은 때가 타고 여기저기 찢어진 데다 낡은 나무 창틀에서 바람과 먼지와 소음이 쉬지 않고 새어 드는 2층의 두 가구를 말하는 거겠지. 월세로 있는 그 사람들을 내보내고 전세를 놓으면 얼마간 목돈을 쥘 수 있지 않느냐고 묻는 거겠지.

그러나 지금 사는 사람을 내보내고 새로 전세를 놓는 건 쉽지 않은 일이다. 며칠 전에도 2층 새댁이 내려와 싱크대 천장에 물이 샌다고 하소연을 했다. 나이 드신 분 말고 좀 전문적인 업체에 맡겨야 제대로 수리가 될 거라고 말하던 새댁의 얼굴엔 짜증과 미안함, 곤혹스러움과 망설임 따위가 뒤섞여 있었다.

그래. 조금만 더 참아 봐요.

말은 그렇게 했지만 당장은 내게도 방법이 없다. 얼마나 들지 모르는 수리비를 감당할 여유가 없는 탓이다. 번번이 나를 찾아와 사정하는 새댁도 마찬가지겠지.

탁자 아래서 딸애의 두 발이 까닥거린다. 운동화의 뒤축이 비스듬하게 닳아 있다. 올이 풀어진 청바지 밑단도 지저분하긴 마찬가지다. 이런 사소한 것들이 인상을 결정한다는 것을 얘는 정말 모르는 걸까. 곤궁한 처지, 게으른 성격, 무신경하고 둔한 품성 같은, 남들이 알 필요 없는 너무나 사적인 것들을 왜 이토록 쉽게 드러내 보이는 걸까. 왜 남들이 자신을 오해하도록 내버려 두는 걸까. 고상함과 단정함. 말끔함과 청결함. 누구나 최고로 치는 그런 가치들을 왜 깡그리 무시하기만 하는 걸까. 나는 간신히 하고 싶은 말을 참는다.

엄마, 내 말 듣고 있어?

딸애가 나를 채근한다.

한참 만에 젓가락을 내려놓고 입가를 닦은 다음 딸애와 눈을 맞춘다. 그래. 가족이란 이런 거지. 나는 이 애에게 유일한 가족이구나. 가족일 수 있구나. 어쩌면. 이 집 때문에. 집을 가졌다는 것 때문에.

나는 다만 이렇게 말한다.

그래. 방법을 한번 고민해 보자.

*

이봐, 돈 얼마나 넣었어?

교수 부인이 소곤거린다. 소곤거리는 것이지만 주변 사람들이 다 돌아볼 만큼 목소리가 크다. 나는 건물 입구에 멈춰 서서 교수 부인의 손등을 부드럽게 토닥인다.

5만 원만 넣었어. 형편대로 해야지 뭐. 어쩔 수 있나.

교수 부인이 핸드백에서 봉투를 꺼내 2만 원을 더 넣으며 투덜거린다.

뭘 5만 원씩이나 해. 3만 원만 하면 될 걸.

교수 부인이 움직일 때마다 싸구려 장미향이 진해진다. 저 와인색 핸드백 속엔 저런 싸구려 화장품들이 가득하겠지. 유통기한이 지나거나 질이 떨어진다 싶으면 선심 쓰듯 누구에게나 하나씩 건네줘도 아깝지 않을 것들. 나도 한두 번 받은 적이 있지만 제대로 써 본 적은 없다. 늘 써야겠다고 생각만 하고 써야 할 타이밍을 놓치기 때문이다. 언제부턴가 반짝거리며 켜질 것 같다가도 이내 캄캄해지는 건망증이 늘 내 뒤를 따라다닌다.

사람은 죽고 없는데 이렇게 돈을 주는 게 뭐가 의미가 있어. 자식들 좋은 일만 시키는 거지. 살아 있을 때 밥 한 끼라도 잘 대접하는 게 좋은 거야. 안 그래? 이런 문화도 이제 다 없애야지. 이게 뭐야.

회전문을 통과해 건물 안으로 들어온 후에도 교수 부인은 말을 그치지 않는다. 나는 환한 조명과 그보다 더 환한 화환

이 뿜어 대는 뾰족한 빛들을 피해 선다. 커다란 화면을 올려 다보며 빈소를 찾는 내 입술 새로 이런 말이 흘러나온다.

숭악해라. 숭악해.

죽은 성 씨한테 얻어먹은 걸로 치면 10만 원이 훨씬 넘는다. 10만 원이 다 뭔가. 성 씨는 늘 베푸는 사람이었다. 아니다. 베푼다고 말할 수 있을 만큼 형편이 좋은 사람은 아니었다. 그럼에도 언제나 먼저 돈을 냈고 미안함을 느끼게 했고 그 대가로 사람들을 자기 주변에 머무르게 했다. 그렇다고 해도 교수 부인씩이나 되는 사람이 자린고비처럼 구는 게 꼴사납다. 말로만 교수 부인이지 남편이라는 사람을 본 적도, 그 사람이 어느 학교의 어떤 교수였는지도 말한 바가 없다. 하긴 나이가 많은 우리 같은 사람들에겐 별로 중요한 일도 아니다. 젊었을 때는 선을 긋고 담을 쌓고 그래서 영원히 못 볼 것 같은 부류의 사람들도 이토록 쉽게 만날 수 있게 된다.

모두 별다를 게 없는 늙은이가 되는 탓이겠지. 그런 늙은 이들을 받아 주는 곳이 손에 꼽을 정도로 드문 탓이겠지.

그러나 이런 말을 입 밖으로 내진 않는다.

빈소를 찾고 성 씨의 아들이 분명한 상주와 인사를 나누고 접객실에 앉아 있는 동안 나는 보온병에 담아 온 버섯 물만 홀짝거린다. 교수 부인은 시뻘건 육개장에 밥을 말아 입으로 떠 넣는다. 윤기를 잃은 마른 보쌈도 두 점씩 세 점씩 집어

먹는다. 그리고 휴대폰을 열어 아들의 사진과 손주의 사진을
보여 주는 데 열을 올린다.

이봐. 손수건 있어? 어디 봉지 같은 거 없나?

그러다 내 쪽을 향해 몸을 숙이는가 싶더니 일회용 접시를
감싼 비닐을 벗겨 내 마른안주들을 담는다. 나는 잠자코 멀
리 있는 접시들을 가까운 쪽으로 옮겨 준다.

우리 손주가 엄청 좋아하잖아. 며느리는 먹이지 말라고 난
린데. 어떻게 그래? 몰래 가만히 줘야지.

그래, 많이 챙겨 가.

그러는 동안에도 나는 음식 쪽으로는 눈길도 주지 않는다.

삶의 테두리 너머로 가 버린 사람들이 만들어 내는 어떤
기운이나 기미가 조금이라도 닿을까 봐, 묻을까 봐 나는 몹시
겁을 내는 것 같다. 문득 저쪽 벽에 기대앉은 한 사람과 눈이
마주친다. 체념이 깃든 눈동자. 뭐든 다 알아 버린 것 같은 그
눈이 지목하는 다음 사람이 바로 나인 것만 같아서 나는 황
급히 눈길을 피해 버린다. 눈을 감고서 하나, 둘, 셋 숫자를 세
면 어느새 내 뒤까지 바짝 다가온 뭔가가 어깨를 잡으며 와
락 놀라게 하는 놀이. 성 씨는 아무렇지 않게 퇴근한 어느 날
심장이 멈춘 탓에 죽었다. 심장마비로 정리된 죽음. 도대체 죽
음은 얼마만큼 가까이 온 걸까. 왜 이것이 이토록 아주 가까
이 다가왔다고 나는 확신하게 된 걸까.

몇 달 전 2층 귀퉁이 셋방에 살던 여자의 가족이 나를 찾아온 적이 있다. 그 전에도 친구나 애인이랍시고 찾아오는 사람들이 있었지만 나는 그들에겐 열쇠를 내주지 않았다. 친구나 애인 따위의 허술한 관계를 어떻게 믿겠는가.

연락이 안 돼서요. 급하게 서명이 필요한데 도저히 방법이 없어서 왔습니다.

그날 찾아온 남자는 자신을 여자의 친동생이라고 말했다. 그래도 내가 말이 없자 남자는 아버지 묘지 이장 문제를 잠시 이야기했다. 서류 한 장을 꺼내 보이기도 했다. 내가 2층을 올려다보며 서 있는 동안 남자는 뚜벅뚜벅 계단을 걸어 올라갔고 이내 문 열리는 소리가 들렸다. 그리고 한참 동안 아무런 기척이 없었다.

이봐요! 이봐요, 아저씨.

나는 그렇게 목소리를 높이면서도 2층으로 곧장 가지 않았다. 한참 만에 굳은 얼굴로 계단을 걸어 내려온 남자가 말했다.

제 누님이 방에 있네요. 모르겠어요. 신고를 좀 해야겠습니다. 신고를요.

그리고 황급히 대문 밖으로 나가서는 돌아오지 않았다. 구급차가 오고 여자를 데리고 나가고, 경찰들이 몰려와 조사를 한답시고 저녁 무렵까지 나를 붙들고 이것저것 캐묻는 동안 그 사람은 찾을 수 없을 만큼 멀리까지 가 버린 것 같았다.

그 동생이라는 사람은 찾았어요?

이튿날 어렵게 통화가 되었을 때 담당 경찰은 이렇게 말했다.

몇 번이나 말씀드립니까. 가족들이 그 여자를 안 데려가겠다고 한다니까요. 짐들은 알아서 처분하셔야 합니다. 시신이야 나라에서 어찌해 주겠지만 다른 건 어려워요. 보증금 걸려 있다면서요. 일단 그걸로 어떻게 해 보시고요. 바쁜데 자꾸 전화하지 마세요.

여자가 왜 언제 어떻게 죽었는지 물을 새도 없이 전화가 끊겨 버렸다. 이틀이 지난 후에야 나는 그 방에 들어가 보았다. 부드럽고 따뜻한 기운을 힘껏 빨아들인 나무들이 움을 틔우는 한낮에 겁에 질린 채 문고리를 잡고 서 있는 꼴이라니. 그 방엔 내가 예상했던 것이 아무것도 없었다. 그곳엔 혼자 사는 여자가 가질 법한 일상과 습관, 기호와 취향 같은 것들만이 깔끔하게 정리되어 있었다. 기미나 징후, 경고와 준비 없이 닥쳐온 죽음.

아까운 죽음.

나는 장례식장에 온 늙은 사람들을 보며 중얼거린다. 그러면서 내일 당장 이들 중 하나가 죽었다고 해도 놀라울 게 없다고 생각한다. 아까운 죽음이라니. 오히려 살 만큼 살다 간 사람이라고 비아냥거릴지도 모르지. 남은 사람들은 아쉬워하거나 안타까워하는 마음 대신 냉정한 눈으로 어떻게 살아왔는지에 대해 점수를 매길 것이다. 평가할 만한 게 없으면 곧 잊어버리겠지. 금세 없던 일이 되는 거겠지. 밖으로 나온 나는 검은 양복을 입고 하얀 완장을 차고 조문객을 받고 빈소를 지키는 성 씨 아들에게 잠시 시선을 빼앗긴다.

*

이유 없이 몸이 아프면 무병이라고 하잖아요. 신내림을 받아야 한다고. 그걸 하지 않으려고 끝까지 버티면 자식에게 대물림될 거라고 말하잖아요. 도대체 누가 그런 걸 제 자식에게 대물림하고 싶겠어요? 그래서 어떻게든 자기가 다 받기로 하는 거겠죠.

나는 그런 이야기를 혼잣말처럼 하고 있다. 한번씩 딸애에 대한 생각이 떠오르고 나면 한동안은 이렇게 그 생각에 꼼짝없이 붙잡혀 있어야 한다. 그러니까 나는 벌을 받는 걸까. 뭔가 잘못된 것을 딸애에게 물려주고 만 걸까. 휠체어에 앉은 젠은 창 너머 바깥을 내다보는 중이다. 창 너머에서 직원 하나가 널찍한 주차장에 물을 뿌리고 있다. 호스를 빠져나온 물줄기가 여러 개로 갈라지면서 바닥을 때리고 투명하게 튀어 오른다.

밖에 나가고 싶으세요?

나는 마음에도 없는 말을 하면서 잠시 젠과 눈을 맞춘다. 너무 오래 산 여자. 어디론가 기억이 줄줄 새고 있는 여자. 오래전 태어날 때처럼 여자, 남자, 그런 성별의 경계를 무너뜨리면서 다만 한 인간으로 되돌아가고 있는 여자.

가끔 작고 마르고 보잘것없는 이 여자의 삶이 거짓말처럼 느껴진다. 한국에서 태어나 미국에서 공부하고 유럽에서 활동하다가, 귀국한 후엔 자신과 아무 상관 없는 사람들을 보살피는 데 평생을 허비한 사람. 결혼도 하지 않고 아이 하나 가지지 못한 이 여자에게 내가 가 보지 못한 어마어마한 세계의 풍광과 1년 내내 아무도 찾아오지 않는 고독이 나란히 자리하고 있다는 것이 믿어지지 않는다.

저쪽 테이블에서 소란이 인다. 노인 하나가 욕을 하며 리모컨을 내던지고 테이블 위에 놓인 교구들을 마구 흩뜨리기 시작한다. 담당 보호사인 교수 부인은 보이지 않는다. 또 어딘가에 숨어 몰래 전화 통화를 하거나 군것질하는 데 정신이 팔려 있겠지. 나는 재빨리 몸을 움직여 휠체어를 끈다. 어차피 내 기운으로는 저런 남자 노인들을 제지할 수 없다.

저녁 식사 시간 전에 누군가 병실 문을 열고 나를 부른다. 원무과 권 과장이다. 복도로 나온 내게 그는 내일 한 시간 일찍 출근할 수 있느냐고 묻는다. 방송국에서 젠을 취재하러 오기로 한 날이다. 나는 그러겠다고 한다. 권 과장은 깍듯하게 고개를 숙인다. 교수 부인의 말대로 권 과장은 내게 특별히 친절한 것 같다. 친절하다기보다는 최소한의 예의를 갖추려 하는 것 같다. 그것이 다른 나머지 직원들의 태도를 결정한다는 걸 나도 모르지 않는다. 대부분의 늙은 요양 보호사들이 명백한 저임금, 비밀스러운 냉대와 멸시 속에 있는 걸 떠올리면 그나마 다행인 걸까. 그건 아마도 내가 보살피는 젠이라는 사람 때문일 것이다. 이곳에선 어떤 환자를 맡는지가 중요한 법이니까. 적어도 젠 앞에서 사람들은 젠에게 존경과 예우를 갖출 줄 안다.

근데 그 여자는 진짜 가족이 하나도 없대요?

그러나 젠이 보이지 않는 곳에선 모두 다르게 행동한다. 특히 교수 부인 같은 사람은 내내 별렀던 것처럼 쉽게 본심을 드러낸다.

가족이 있어 봐야 뭐해. 다 똑같지.

제 부모를 요양원에 맡겨 두고 정기적으로 찾아오는 자식은 드물다. 그걸 알면서도 교수 부인은 그만두려 하지 않는다.

그래도 아예 없는 거랑은 틀리지. 정말 몇 년씩 저렇게 혼자 있는 걸 보면 참 딱해. 그러니까 지금 힘들어도 애들 잘 키워. 그게 재산이고 보험이야.

내가 별 호응이 없자 교수 부인은 새로 들어온 젊은 새댁에게 그렇게 이른 다음 보란 듯 혀를 찬다. 이런 순간 더 이상 내가 만나고 싶은 사람을 스스로 결정하고 선택할 수 없는 처지에 이르렀다는 사실을 실감하게 된다. 이런 사람들과 말을 섞고 생각을 나누고 어쩔 수 없이 동의하면서 나도 젊은 애들이 말하는 앞뒤가 꽉 막히고 편견으로 가득 찬, 세금만 축내는 부류의 노인이 되는 걸까. 젊은 새댁은 예예, 하지만 별 감흥이 없는 눈치다. 아직은 일이 몸에 익지 않은 탓이겠지. 죽은 성 씨가 담당하던 환자들을 맡았으니 만만치는 않을 것이다. 그래도 서너 번 몸살을 앓고 난 뒤에는 서서히 적응이 될 테지. 그러나 많은 사람들이 그 전에 이곳을 떠난다. 끝까지 남는 건 여기가 아니면 안 되는 사람들이 대부분이다.

나는 병실로 들어와 젠의 잠자리를 살펴봐 준다.

불편한 데는 없으세요? 내일 아침에 올게요.

내 손을 잡은 젠이 묻는다.

응. 집이 어디야? 멀어? 가까워?

나는 멀지 않다고, 버스를 타면 금방이라고 이야기해 준다. 젠은 고개를 끄덕이고 나지막하게 당부한다.

응. 차 조심해. 차 조심.

그렇게 말하는 건 그나마 지금 정신이 맑다는 뜻이다. 나는 손바닥으로 젠의 이마를 쓸어 준다. 나보다 20년 남짓 더 살아온 얼굴. 주름지고 거친 피부지만 이목구비는 여전히 곱다. 나는 젠의 손을 잡고 오늘 밤도 깊은 단잠을 잘 수 있도록 해 달라고 기도한 다음 밖으로 나온다. 약간의 수면제를 처방받은 젠은 금방 잠들 것이다.

퇴근할 채비를 하고 나오자 교수 부인과 젊은 새댁이 승강기 앞에서 나를 기다리고 있다. 우리는 당직 간호사에게 목례를 하고 건물을 빠져나온다. 멀리 골목 끝에서 요란한 음악 소리가 들린다. 이 좁은 골목을 벗어나면 밤이 늦도록 불이 꺼지지 않는 상점과 술집이 즐비한 사거리가 나온다. 비로소 긴장이 풀어지고 무릎이 시큰거리기 시작한다.

참, 딸내미 만난다는 건 어찌 됐어? 만났어?

밤이지만 공기는 여전히 뜨겁다. 목덜미로 화끈거리는 열기가 올라온다.

이제 만나 봐야지. 도대체 시간이 나야 말이지.

나는 그렇게 얼버무리고 만다. 내 딸에 대해 시시콜콜 묻고 평가를 하고 훈수를 두려는 속셈을 모르지 않기 때문이다. 쓸데없는 참견이라 생각하면서도 도무지 그런 말에 무심하고 태연하게 반응할 수가 없다. 교수 부인은 수긍하듯 맞장구를 치고 휴대폰을 꺼낸다. 그런 다음 어린 손주의 사진을 몇 장 보여 준다.

똘똘해 보이네요. 몇 살이에요?

젊은 새댁이 겨우 형식적인 반응을 보인다. 나는 아무 말도 하지 않는다. 나는 내내 휴대폰을 들여다보는 시늉을 하며 길을 걷다가 걸음을 빨리해 횡단보도로 내려서며 말한다.

조심해서들 가요.

여름밤에는 창 너머로 들이치는 소음 탓에 잠들기가 어렵다. 배달 오토바이의 굉음과 텔레비전 소리, 고함을 내지르며 싸우는 2층집 부부의 목소리. 나는 텔레비전 불빛에 의지해 무릎에 파스를 붙이고 어깨에 연고를 바른다. 그런 후에는 냉장고에서 수박 반 통을 가져와 숟가락으로 허겁지겁 떠먹는다. 그러고 나자 더는 할 일이 없다.

고요하고 어두운 방에 누워 내가 생각하는 것은 이런 것이다.

끝이 없는 노동. 아무도 날 이런 고된 노동에서 구해 줄 수 없구나 하는 깨달음. 일을 하지 못하게 되는 순간이 오면 어쩌나 하는 걱정. 그러니까 내가 염려하는 건 언제나 죽음이 아니라 삶이다. 어떤 식으로든 살아 있는 동안엔 끝나지 않는 이런 막막함을 견뎌 내야 한다. 나는 이 사실을 너무 늦게 알아 버렸다. 어쩌면 이건 늙음의 문제가 아닐지도 모른다. 사람들이 말하는 것처럼 이 시대의 문제일지도 모르지. 이 시대. 지금의 세대. 생각은 자연스럽게 딸애에게로 옮겨 간다. 딸애는 서른 중반에. 나는 예순이 넘어 지금, 여기에 도착했다. 그리고 딸애가 도달할, 결국 나는 가닿지 못할 세상은 어떤 모습일까. 아무래도 지금보다는 나을까. 아니, 지금보다 더 팍팍할까.

다음 날 나는 출근하자마자 젠을 씻기고 기저귀를 채운 다음 간단한 화장 도구를 꺼낸다.

제가 고등학교 때 이야기 한 적 있나요? 전 시골에서 학교를 다녔어요. 친구 집에서 신세를 지면서요. 버스를 세 번이나 갈아타고 가야 할 만큼 집이 멀었거든요. 그때 친구 언니가 공장에 다니면서 자취를 하고 있었어요. 부엌이 붙어 있는 좁은 방이었는데. 생각해 보면 그 언니도 고작 스물한두 살 정도였을 거예요. 그땐 언니가 왜 그렇게 무섭게 느껴졌는지. 왜 그 나이 때는 그렇잖아요. 한두 살 터울도 크게 느껴지죠.

응? 어딜 간다고?

젠이 눈을 크게 뜬다. 그 바람에 젠의 얼굴에 볼터치를 하고 있던 내 손이 잠시 허공에 멈춘다.

아니, 옛날에 고등학교에 다녔다고요. 오래전에. 옛날에요. 학교요.

응. 학교를 다녔다고? 그래. 사람은 배워야 해. 배워야지.

젠의 눈썹을 그리고 있을 때에 권 과장이 들어온다.

도착하신 모양입니다. 응접실에 계시다고 하네요. 준비 다 됐어요?

다른 환자들은 모두 놀이실과 치료실로 가고 없다. 젠의 표정엔 활기가 없다. 컨디션이 좋지 않은 탓일까. 이것저것 물어도 아무런 대답이 없다.

이제 가실까요?

권 과장이 재촉한다. 나는 서툴러 셴의 입술에 립글로스를 바른 다음 고개를 끄덕인다.

제가 모시고 갈까요?

그래 주시면 고맙죠.

가만히 뒤따라온 권 과장이 이렇게 당부한다.

혹시 모르니까 신경 좀 써 주세요. 그래도 이런 분들을 잘 케어하고 있다는 걸 보여 드리는 것도 중요하잖아요. 홍보도 되고요.

나는 그렇게 하겠다고 한다.

*

1989년에 『국경의 아이들』이라는 책을 쓰셨잖아요. 여기 보면 미국에 입양된 아이들에 대한 이야기가 나오는데요. 브랜든 킴? 아, 브랜드 리인가요. 저는 이 열 살 소년의 이야기가 인상 깊었거든요. 이 아이가 백인 가정에 입양이 되고 파양이 되고 하면서 5년이 흐르는데. 그동안 이걸 직접 취재하신 게 맞아요? 아, 그리고 어디서, 어떻게 이 아이를 만나게 됐는지도 궁금하고요.

모자를 쓴 청년이 카메라를 고정하고 손짓을 하자, 동그란 안경을 낀 청년이 안경을 고쳐 쓴 다음 말한다. 목소리가 얇은 철판처럼 떨리다가 차분해진다.

그럼 LA교육센터 이야기를 좀 해 주시겠어요? 여기가 대안 교육 센터라고 되어 있는데. 당시 이민자 자녀들을 대상으로 한 기관으로는 거의 최초였죠? 시설 인가를 받고 지원을 신청하고 그런 일을 혼자 하셨다고 했는데, 특별히 어려운 점은 없으셨나요?

청년의 목소리가 네모난 응접실 안을 떠돌다가 사라진다. 고요가 내려앉는다. 복도를 오가는 사람들의 조심스러운 발소리가 들릴 정도다. 젠의 시선은 내내 테이블 모서리에 고정되어 있다. 아무것도 들리지 않고 보이지 않는 공간 속에 우두커니 있는 것 같다. 어쩌면 낯선 사람의 방문에 겁을 먹은 걸지도 모른다. 내가 가까이 다가가려 하자 청년이 손을 들어 괜찮다는 표시를 한다.

그럼 80년대에 이주민 인권 상담 센터를 오픈한 건요? 그건 기억이 나세요? 그때 부산에서 그 일을 하셨잖아요. 서울이 아니고요. 특별한 이유가 있으셨어요?

카메라를 보던 청년이 얼굴을 들고 고개를 저어 보인다. 질문을 하는 청년과 눈을 맞추고 뭔가 의견을 교환하는 것 같다.

나 배가 고파 죽겠어.

젠이 휠체어 손잡이를 탁탁 두드린다. 그러나 그 말은 나만 들은 것 같다. 아무 일도 없었다는 듯 다시 질문이 이어진다.

90년대 초반에 일본 오사카에서 열린 포럼은요? 여기서 한국 정부를 비판한 게 정말 이슈였잖아요. 한동안은 입국이 금지되기까지 했는데, 그때 기억나세요?

청년이 젠의 눈앞에 오래된 사진과 잡지에서 오려 낸 기사 같은 것들을 내민다. 사진 속의 젠은 크고 우스꽝스러운 안경을 끼고 연단에 서서 뭔가를 말하고 있다. 백인 남자들과 어깨동무를 하며 환하게 웃는 사진도 있다. 나는 빛바랜 그 사진들에 잠시 시선을 빼앗긴다.

나 지금 배가 고파. 배가 고프다고.

젠이 나를 돌아보며 주먹으로 테이블을 때리는 시늉을 한다. 문 옆에 기대선 나는 조마조마한 마음으로 이렇게 대답한다.

응. 밥 먹으러 갈 거예요. 조금만 있다가. 그러지 말고 무슨 말이라도 좀 해 주세요. 멀리서 오신 분들이잖아요.

오늘은 뭘 줄 거야? 케이크 먹는 거야?

나는 웃는 얼굴로 젠을 달래며 생각한다. 저 청년들이 말하는, 이젠 먹고 싸고 자는 일밖에 관심이 없는 이 늙고 연약한 여자가 한 일이라는 게 정말일까. 멀리서 찾아와 이런 질문을 할 만큼 그게 그토록 의미 있는 일일까. 그렇다면 젠은 왜 이런 곳에 있게 된 걸까. 어쩌면 그렇기 때문에 이런 곳에 있게 된 걸까.

아무것도 기억이 안 나세요? 그럼 띠팟은요? 얘가 캄보디아에서 온 앤가? 맞지?

질문하는 청년이 우물쭈물하자 카메라를 만지던 청년이 정정해 준다.

필리핀.

그래. 필리핀. 띠팟이라고 필리핀 꼬마 있잖아요. 걔 후견인이셨잖아요. 보니까, 거의 성인이 될 때까지 키우신 거나 다름없으시던데. 기억 안 나세요? 띠팟, 띠팟요.

청년이 목소리를 키운다. 존경심과 경외심 같은 것들이 빠져나간 자리에 짜증과 답답한 기색이 차오르는 게 느껴진다.

아, 진짜 전혀 기억이 없나 본데?

한 청년이 말하면 다른 청년이 대답한다.

안 돼. 뭐라도 멘트를 따야 뭘 쓰든지 말든지 하지.

말을 해야 멘트를 딸 거 아냐.

카메라를 들여다보던 청년이 고개를 들고 젠을 빤히 바라보며 중얼거린다.

저기요. 할머니. 아무 이야기라도 좀 해 주세요. 저희 진짜 멘트 못 따면 죽어요.

그러면서 휴대폰을 꺼내고 어디론가 전화를 건다. 수화기 밖으로 높은 톤의 목소리가 흘러나왔다가 말다가 한다. 청년은 젠을 힐끔거리며 정신이 없다느니, 도저히 안 될 것 같다느니, 소곤거리다가 가망이 없다고 말한다. 가망이 없다니. 다른 청년이 수화기를 빼앗듯이 낚아채 또 무슨 말인가를 한다. 젠이 고개를 돌려 나를 본다. 나는 괜찮다는 의미로 고개를 끄덕이고 눈을 깜빡거린다. 그러는 동안에도 청년들은 말을 그치지 않는다. 오히려 목소리가 점점 커져서 누구나 분명하게 알아들을 수 있을 정도가 된다.

청년들은 젠이 여기 없는 것처럼 말하고 행동한다. 하긴 어떤 의미에서 그들이 만나러 온 젠은 이곳에 없다. 그러면 여기 있는 젠은 젠이 아닌가? 이들은 젠에게 벌을 주러 온 것일까? 존경받아 마땅한 젊은 날에 비해 얼마나 초라하고 볼품없어졌는지, 지금 네 꼴이 어떤지 보라는 말을 에둘러 하고 있는 걸까?

이 사진 기억 안 나세요? 잘 봐요. 여기, 잘 보시라고요.

질문은 계속된다. 그것은 질문이 아니라 취조나 심문처럼 여겨질 정도다. 청년들은 수단과 방법을 가리지 않고, 조금의 예의나 배려도 없이 어떻게든 젠의 입을 여는 데에만 혈안이 되어 있다.

요즘엔 자꾸 배가 고프다고 하세요. 한두 시간 지나면 또 배가 고프다고 하시고. 케이크를 늘 찾으시는데 많이 드시진 못해요. 소화를 못 시키시더라고요. 올봄에는 딸기를 유독 찾으셨고요. 요즘엔 토마토를 아침저녁으로 드세요.

결국 젠의 곁으로 간 내가 입을 연다. 테이블 아래서 젠이 내 손을 찾아 쥐는 게 느껴진다. 청년들은 내 이야기에 관심이 없다. 지금의 젠에게는 관심이 없는 것이다. 청년들은 자기네들끼리 뭔가 소곤거리며 의견을 나누다가 겨우 한마디 한다.

이거 치매 맞죠? 아, 그렇게 심하지 않다고 해서 온 건데 난감하네요.

청년 하나가 카메라를 끄고 장비를 정리하며 중얼거린다. 무례하다고 생각하지만 나는 말을 아낀다. 팀장의 부탁 때문이다. 이 청년들이 어딘가에 기사를 싣고 영상을 올리면 홍보가 될 테고 얼마간의 후원과 지원이 따라올 것이다. 그건 나와 무관하지 않은 일이다. 내가 힘을 보태야 하는 일이다.

병실을 한번 둘러볼래요? 어떻게 지내시는지도 보고요. 아무래도 시간을 조금 더 드리면 좋을 것 같아요. 제가 한번 말씀드려 볼게요.

최대한 부드러운 목소리로 청년들을 설득해 보려 하지만 그들은 고개를 젓고 나가 버린다. 그들이 주고받는 말소리가 고요한 복도를 깨운다. 나는 그들이 두고 나간 사진과 신문 조각을 하나씩 찬찬히 살펴본다. 그러면서 사진 속에 남아 있는 젠의 모습을 어렵지 않게 찾아낸다.

　어르신. 이것 봐요. 세상에. 이게 언제인지 기억나세요?

　내가 몇 장의 사진을 가리키고 얼굴 옆에 나란히 대어 봐도 젠은 아무런 반응이 없다.

　　　　　　　　　　*

　언젠가부터 나는 뭔가를 바꿀 수 있다고 여기지 않는다.

　지금 이 순간에도 나는 천천히 시간 밖으로 밀려나고 있다. 뭐든 무리하게 바꾸려면 너무나 큰 수고로움을 각오해야 한다. 그런 걸 각오하더라도 달라지는 건 거의 없다. 좋든 나쁘든. 모든 게 내 것이라고 인정해야 한다. 내가 선택했으므로 내 것이 된 것들. 그것들이 지금의 나다. 그러나 대부분의 사람들이 이 사실을 너무 늦게 깨닫는다. 과거나 미래 같은, 지금 있지도 않은 것들에 고개를 빼고 두리번거리는 동안 허비하는 시간이 얼마나 아까운지. 그런 후회는 언제나 남은 시간이 얼마 남지 않은 늙은이들의 몫일지도 모른다.

　나는 이런 이야기를 어떻게 설명해야 하는지 모르겠다. 무엇이든 경험하지 않고 말로만 듣고 이해한다는 것은 어려운 일이니까. 특히 힘이 세고 단단한 젊음으로 무장한 지금의 딸애에게는 불가능에 가까운 일일지도 모른다.

엄마, 내 말 듣고 있어? 듣고 있냐고.

나는 듣고 있다는 의미로 고개를 까닥하지만 딸애와 눈을 마주치지는 않는다. 딸애 말대로 2층의 두 가구 모두 전세를 주고 나면 매달 드는 병원비와 약값, 보험비와 생활비, 비상금과 용돈은 어디서 나온단 말인가. 딸애는 냉장고 문을 소리 나게 열고 찬물 한 컵을 가져온다. 밤이지만 공기는 여전히 뜨겁다. 나는 달려드는 모기를 쫓으려고 손을 휘휘 내저으며 선풍기를 딸애 쪽으로 돌려 준다.

은행 이자는 내가 낸다니까. 엄마 용돈도 주고. 하반기에 강의 더 하면 수입이 좀 늘 거야. 나라고 뭐 언제까지 엄마한테 손을 벌리겠어. 한두 살 먹은 어린애도 아니고.

나는 말없이 고개를 끄덕인다. 그러나 그게 동의를 의미하는 건 아니다. 다만 딸애의 상황을 헤아리려고 최선을 다할 뿐이다. 그래서 혼자 힘으로 어떻게든 해 보라고 다그치지 않는다. 오래전 내 부모가 내게 했던 것처럼 열심히, 더 열심히 노력하라는 말을 딸애에게는 할 수 없다. 해서는 안 된다. 그렇게 되어 버렸다.

그럼 네가 직접 전세 대출을 좀 받을 수 없니?

창밖으로 왁자지껄 떠드는 소리와 오토바이 소음이 지나간다. 딸애는 못마땅한 듯 물을 한 모금 머금고 양쪽 볼을 불룩하게 만든다.

요즘엔 나라에서 공공 주택을 많이 짓는다던데. 조금 멀더라도 그런 걸 신청하는 게 낫지 않아?

딸애에게는 직장이 없다. 일을 하지만 직장이 없는 사람들. 열 명 중 하나. 열 명 중 셋. 그런 식으로 늘어나더니 이제는 열 명 중 여섯, 일곱이 그런 사람이다. 그들에겐 자격이 없다. 대출을 받을 자격도, 공공 주택에 들어갈 자격도.

그러나 그런 사람들이 다수라는 게 위로가 되진 않는다. 오히려 내 딸이 그런 부류에 속해 있다는 사실이 내게는 매일 충격적이고 놀랍다. 그래서 매번 똑같은 강도의 실망감과 죄책감으로 다가온다. 어쩌면 딸애는 공부를 지나치게 많이 했는지도 모른다. 아니, 불필요한 공부를 내가 너무 많이 시킨 걸지도 모른다. 배우고 배우다가 배울 필요가 없는 것, 배우지 말아야 할 것까지 배워 버린 거라고 나는 생각한다.

세계를 거부하는 법. 세계와 불화하는 법.

그게 됐으면 지금 이렇게 왔겠어? 다 알아봤어. 엄마, 나 내일 아침 7시까지 가야 해. 가서 강의 준비도 해야 하고.

창밖으로 한바탕 웃음소리가 치솟는다. 누군가 텔레비전을 크게 틀어 놓은 모양이다. 나는 물끄러미 딸애의 얼굴에 떠오른 불안과 피곤과 짜증의 기색을 살핀다.

그럼 오늘은 여기서 자고 가. 바로 출근해도 되잖아.

내가 말한다. 딸애는 졸린 듯 눈을 비비며 중얼거린다.

엄마. 정말 미안한데, 진짜 이번이 마지막이야. 주인집에서 당장 다음 주까지 결정하라고 난리야. 시간도 없고. 뭘 알아보고 할 여유도 없어.

가끔씩 딸애의 이런 말이 왜 협박처럼 들리는 것일까. 울먹일 것 같은 저런 표정이 왜 화를 내고 소리를 지르는 것보다 훨씬 더 강력한 수단이 되는 걸까. 딸애는 그걸 아는 걸까, 모르는 걸까. 휴대폰을 꺼내고 주방 쪽으로 걸어가는 딸애의 나지막한 말소리가 들린다. 다정하고 부드러운 목소리. 비밀스러운 웃음소리. 끝까지 내가 모른 척하고 싶은 딸애의 사생활.

그 애는 돈 먹는 하마야. 전화가 오면 심장이 덜컥 내려앉는다고.

남편의 투덜거리는 목소리가 들리는 것 같다. 그럼에도 딸애가 오면 반가워서 어쩔 줄 모르던 사람. 딸애는 이제 죽은 남편의 이야기를 입에 올리지 않는다. 하루를, 일상을, 생활을 앞으로 끌고 가는 것만으로도 버거운 딸애에게는 뒤돌아볼 여유가 없어 보인다.

문득 삶이 예상보다 더 길어질 수밖에 없는 것에 대해 딸애에게 양해를 구하고 싶다. 그렇게라도 하면 이런 시달림에서 벗어날 수 있을지도 모른다. 아니다. 이 집이 사라지거나 내가 죽기 전까지 마지막 같은 건 없다. 결코 끝나지 않는다.

그래. 내일 은행에 가서 대출을 한번 알아보자. 이 집을 담보로 잡으면 얼마나 해 줄 수 있는지. 이자는 얼마인지.

나는 항복하듯 말한다.

고마워. 엄마.

이튿날 새벽 나는 살며시 딸애가 잠든 방으로 들어가 침대 끝에 걸터앉는다. 헐렁한 잠옷 바지 밖으로 빠져나온 딸애의 발을 쥐어 보고 하얀 다리를 쓸어 본다. 30대의 건강하고 튼튼한 몸. 그러나 딸애는 자신이 얼마나 대단한 걸 가졌는지 알지 못한다.

나는 서른에 네 아빠와 결혼하고 이듬해 너를 낳았다. 진통이 오던 날 밤, 택시를 불러 혼자 병원으로 갔다. 사막 한가운데 있던 그 사람과는 보름 만에 연락이 닿았다. 어느 먼 외국의 공사 현장에서 걸려온 전화. 그때 네 이름이 정해졌다. 썩 마음에 드는 이름이 아니었는데도 나는 그러겠다고 했다. 돈을 버느라 내내 타국을 떠돌아다니는 그 사람이 가련하고 안쓰러워서. 그렇게라도 우리가 가족이라는 단단하고 강력한 울타리 속으로 들어왔다는 확신을 주고 싶었다.

거기까지 생각했을 때 딸애가 뒤척거린다. 나는 시계를 올려다본 뒤 잠시 숨을 고른다. 아직은 좀 더 자게 둬도 괜찮을 시간이다.

밤이면 너를 안은 나를 둘러싸고 집이 점점 몸집을 키우는 상상. 거대해진 적막과 고요가 나를 집어삼킬 듯 내려다보고 있는 오싹한 느낌. 1년에 한두 번씩 남편이 다녀간 후에는 그런 기분이 더 또렷해졌다. 너는 다섯 살이 되도록 아빠의 얼굴을 알아보지 못했다. 팔다리에 털이 수북하고 입을 열 때마다 굵은 목소리가 나는 그 사람이 다가가면 자지러지듯 울었다. 그러면서도 소파 끝에 숨어서 얼굴을 내밀고 빤히 바라보곤 했지. 그리고 간신히 마음을 열고 손을 잡을 수 있을 무렵이면 그 사람은 네 덩치보다 더 큰 캐리어를 두 개씩, 세 개씩 끌고 떠나야 했다.

새들이 지저귀는 소리가 들린다. 2층 사람들이 문을 활짝 열고 아침을 준비하는 모양이다. 셋방에 세 든 청년은 잠이 들어 있을 테고 이렇게 분주하게 움직이는 건 그 옆집 새댁이 틀림없다. 아이가 칭얼대는 소리. 단호하게 혼내는 소리.

몇 시야?

실눈을 뜬 딸애가 말한다. 나는 그만 일어나라고 말한 뒤 방을 나온다. 싱크대에 서서 우유 한 잔을 따른 다음 달군 프라이팬에 계란 두 개를 깨어 넣는다. 딸애가 식탁에 와서 앉는다. 작고 어렸던 아이. 나는 딸애가 기억하지 못하는 시간을 떠올리고 있다. 아주 오래전 일. 그러나 어떤 장면들은 여전히 싱그럽고 생기 넘친다. 바로 엊그제 일처럼 또렷하기만 하다.

딸애는 포크로 노른자를 터뜨린 다음 소금을 조금 더 뿌려 먹는다.

그냥 집에 들어와서 살면 어떠니?

문득 내가 말한다. 딸애는 내 말을 듣지 못한 사람처럼 계란을 우물거리며 아무런 반응도 보이지 않는다. 그리고 한참만에 누런 서류 봉투와 프린트 뭉치를 챙겨 들면서 말한다.

의논해 볼게. 나 혼자 결정할 문제는 아니잖아.

나는 딸애의 다음 말을 듣지 않으려고 재빨리 싱크대로 다가가 물을 틀고 컵과 빈 그릇들을 개수대에 밀어 넣는다. 그릇들이 신경질적으로 부딪치며 요란한 소리를 낸다.

딸애는 우유를 반쯤 남기고 몸을 일으킨다.

아무튼 엄마, 꼭 은행에 가. 어떻게 됐는지 전화 주고. 기다릴게.

탁 하고 현관문 닫히는 소리가 나고 내 입에서 이런 말이 튀어나온다.

망할 년.

*

딸애는 내 삶 속에서 생겨났다. 내 삶 속에서 태어나서 한동안은 조건 없는 호의와 보살핌 속에서 자라난 존재. 그러나 이제는 나와 아무 상관 없다는 듯 굴고 있다. 저 혼자 태어나서 저 스스로 자라고 어른이 된 것처럼 행동한다. 모든 걸 저혼자 판단하고 결정하고 언젠가부터 내게는 통보만 한다. 심지어 통보하지 않는 것들도 많다. 딸애가 말하지 않지만 내가아는 것들. 내가 모른 척하는 것들. 그런 것들이 딸애와 나 사이로 고요히, 시퍼렇게 흐르는 것을 난 매일 본다.

연락이 없어서. 엄마, 은행 갔다 온 거야?

그날 밤 딸애에게서 전화가 온다. 막 병원 건물을 빠져나왔을 때다. 나는 은행 대출 한도와 변동 금리와 거치 기간에대해 설명해 보려 한다. 이건 이래서 어렵고 저건 저래서 어렵고 온통 어렵다는 말로 점철되어 버린 창구 직원과의 상담내용을 최대한 잘 전달하려고 애쓴다.

음, 그래?

휴대폰이 닿은 귓가가 뜨겁다. 더위를 피해 거리로 몰려나온 사람들의 말소리가 자꾸만 나의 주의를 빼앗는다. 흥청망청 남아도는 시간을 주체할 수 없어서 허비하고 또 허비하는젊은 애들. 나는 밤거리로 쏟아지고 버려지는 매혹적이고 건강한 시간들에 시선을 빼앗긴다.

그럼 당분간만 집에 들어와서 지내렴.

항복하듯 내가 말하고 딸애가 답한다.

그래도 괜찮아?

나는 선을 긋는다.

그럼. 넌 내 딸이잖아. 안 괜찮을 게 뭐가 있니.

딸인 너를 제외하고는 아무도 용납할 수 없다는 의도를 딸애는 금방 알아차린다.

엄마.

무슨 말인가를 하려던 딸애가 차분한 목소리로 대답한다.

그럼 우리 같이 들어갈게. 진짜 당분간만. 길게 안 있어. 돈 좀 모을 때까지만 있을게. 세금이랑 월세도 낼 거야. 그건 걱정 안 해도 돼. 나 강의 들어가야 해. 그만 끊어.

우리라니. 한마디 대꾸도 못했는데 전화가 끊어진다. 땀으로 미끄러워진 화면을 닦아 내고 통화 버튼을 여러 번 눌러 보지만 길게 신호음만 이어질 뿐이다.

*

딸애가 들어오기로 한 날은 휴무일이다.

나는 이른 아침에 집을 나선다. 나란히 마주 보고 서서 길고 좁은 골목을 만드는 주택들. 빗자루를 들고 대문 앞을 쓸던 앞집 남자가 알은체를 한다. 배가 나오고 머리가 벗어졌지만 목소리엔 활기와 자신감이 넘친다.

일찍 나가시는 모양입니다.

남자가 서글서글하게 웃는다. 나는 이웃 누구에게도 어디서 일하는지 말한 적이 없다. 그러나 내가 어딘가에서 일하고 있다는 사실을 알 만한 사람은 다 안다. 나는 꼼짝없이 서서 의무적으로 몇 마디를 더 나누다가 한참 만에야 돌아선다. 종일 집에서 시간을 보내는 그 집 부부가 결국 딸애와 그 애를 보게 되겠지. 짐을 내리고 옮기고 떠들썩하면 밖으로 나와 또 알은체를 할지도 모르지. 그리고 알게 된 것들을 이웃집에 가서 소곤거릴지도 모르지. 장성한 자식들이 배우자와 자녀들을 데리고 오는 명절에 내 집의 일을 가십거리 삼아 자신들의 화목함을 확인하려 할지도 모르지. 그런 불안들이 끈질기게 따라와 결국 공원 벤치 한쪽에 나를 주저앉히고 만다. 나는 허리를 곧추세우고 요란하게 팔을 흔들며 걷는 사람들의 우스꽝스러운 모습을 눈으로 좇는다. 그럼에도 몸을 움직여 볼 마음은 생겨나지 않는다.

저녁 부렵 돌아오니 대문 앞에 차 한 대가 주차되어 있다. 두 사람이 타면 꽉 찰 것 같은 빨간 소형차. 대문은 반쯤 열려 있다. 열어야 하는지 닫아야 하는지, 잘 모르겠다는 듯이.

대문을 열고 들어서자 현관 계단 앞에 가만히 앉아 있던 누군가가 서둘러 몸을 일으키는 게 보인다. 대문 너머 거리등 불빛 탓에 그 사람의 모습은 캄캄한 허공 같다.

안녕하세요.

그 애다. 딸애보다 호리호리하고 기다란 몸. 작고 흰 얼굴까지. 얼핏 보면 그 애는 이 나라 사람이 아닌 것 같다. 얼굴이 작고 팔다리가 긴 서양인처럼 보인다.

그런은 일이 있어서 조금 늦는대요. 먼저 가 있으라고 해서 왔어요. 열쇠도 받았고요. 그래도 집 안에 들어가는 건 실례일 것 같아서요.

그 애는 어떤 표정을 지어야 하는지, 어떤 자세를 취해야 하는지, 어떤 말을 해야 하는지 알 수 없는 얼굴로 서 있다. 나는 소리 나게 대문을 닫고 세 개의 계단을 오른 다음 현관문을 연다.

짐은 밖에다 둬요.

나는 아직 아무것도 결정하지 못했다. 알지도 못하고 알고 싶지도 않은 이런 정체불명의 사람을 내 집에 들일 준비가 되지 않았다. 아니, 결정은 오래전에 했다. 그건 바뀔 수 없다. 저런 애를 내 집에 들일 수 없다.

그러나 나는 간신히 이렇게 말한다.

잠시 들어와요.

이런 후텁지근한 날씨에 딸애의 짐을 집까지 배달해 준 사람이라고 생각하면 도움이 된다. 나는 얼음물 한 잔을 가져와 테이블에 놓는다. 유리컵에 담긴 동그란 얼음들이 서로 부덧치고 밀어 내며 맑은 소리를 낸다. 청바지와 하얀 티셔츠를 입은 그 애는 딸애보다 서너 살쯤 어려 보인다. 땀에 젖은 앞머리가 이마에 아무렇게나 달라붙어 있다. 도대체 딸애는 이런 애를 어디서 만난 걸까. 다들 건장하고 능력 있는 남편감을 고르는 시기에 딸애와 이 애는 어디서부터 어떻게 잘못되어 버린 걸까.

짐이 이게 다예요?

책장은 오래돼서 버렸고요. 옷이나 책 같은 것도 거의 다 버렸어요. 냉장고나 세탁기 같은 건 어차피 다 옵션이어서 두고 왔고요.

그 애와 나는 눈을 맞추지 않고 혼잣말하듯 대화를 나눈다. 그러나 말은 금세 바닥나고 침묵이 무겁게 내려앉는다. 피곤이 몰려온다. 눈이 뻑뻑하다. 나는 잠시 눈을 감은 채로 있다. 착착. 시계 초침 지나는 소리가 커진다.

나는 이런 기억을 떠올린다.

누구세요?

내가 묻는다.

누구시냐고요.

내 목소리가 조금 더 커진다. 병실 바로 앞에 등을 기대고 앉아 있던 그 애가 놀란 듯 몸을 일으킨다. 그 애는 차분하게 자신의 이름을 말하고 찾아온 용건을 설명한다. 서로 알지만 모른 척하는 이 지루한 기싸움에서 내가 얻고자 하는 건 단하나다. 다시는 찾아오지 말 것. 죽어도 찾아오지 말 것.

고맙지만 올 필요 없어요. 이건 우리 가족 일이에요.

나는 가족이라는 높다란 벽을 세우고 그 애를 밖으로 내몬다. 여느 때처럼 그 애는 수긍하듯 고개를 끄덕이지만 그대로 돌아서진 않는다.

그런이 걱정된다고 해서 들렀어요.

그런이라니. 내 딸을 그런 식으로 부르는 게 맘에 들지 않는다. 부모가 지어 준 이름을 깡그리 무시하고 우스꽝스러운 별명을 붙이고 서로를 부르는 꼴이라니. 그 애의 티셔츠가 흠뻑 젖어 있다. 침대에 누운 남편을 돌보며 생긴 일이 분명하다. 그럼에도 고맙다는 말은 나오지 않는다.

조심히 가요. 앞으론 이런 수고 할 필요 없어요.

병실 안으로 들어와 문을 닫는다. 출입문에 붙은 불투명한 창으로 복도를 서성이는 실루엣이 보인다. 나는 불안한 마음으로 내내 그것을 주시한다. 잠시 후 문이 열리고 그 애가 들어온다. 창가에 둔 가방을 챙겨 든 그 애는 침대 쪽을 보며 잠든 남편이 한 시간 전에 바나나 두 개와 요구르트를 먹었다고 일러 준다. 나는 가습기를 조절하고 그 애가 앉았었을 자리를 소리 나게 매만진다. 그 애는 이렇다 할 대답도 인사도 듣지 못하고 병실을 나간다. 나는 선반에 놓인 바나나 한 송

이와 요구르트를 죄다 쓰레기통에 넣어 버린다. 이건 꿈이 아니다. 기억이다.

딸애의 파트너임이 분명한 그 애.

그게 벌써 5년 전의 일이다. 3년 전인가. 기억이 잘 나지 않는다. 그 후로도 그 애는 자주 병원에 왔다. 나와 마주치면 말없이 짐을 챙겨 떠났고 그렇지 않은 날에는 혼자서, 혹은 딸애와 함께 남편의 병실을 지키고는 했다. 남편이 납골당에 안치되던 날에도 내가 보이는 곳에, 딸애의 곁에 서 있었다.

그 애. 지금 내 앞에 있는 사람.

무슨 일을 해요?

결국 참지 못하고 입을 여는 건 또 나다.

요리를 배우고 있어요. 작은 레스토랑에서 일하거든요. 가끔은 기사도 쓰고요. 사진도 찍고요.

숨이 턱 막힌다. 거실의 후텁지근한 공기 때문만은 아니다. 나는 열이 난다는 듯 창을 활짝 열고 선풍기를 튼다.

기사요?

그냥 홍보하는 글이요. 괜찮은 식당을 소개하는 짤막한 기사 같은 거요.

금방이라도 비가 내릴 것처럼 묵직하고 축축한 공기가 흘러들어 온다.

그럼 고정 수입이 있어요? 월세나 생활비는 어떻게 해요?

나를 비껴 난 지점을 서성이던 그 애의 눈이 나를 마주 본다. 대답을 해야 할지 말아야 할지 망설이는 표정. 신중하게 말을 고르듯 골똘해지는 표정. 그러다 메고 있던 가방을 뒤져 책 한 권을 꺼낸다. 커다랗고 얇은 책 표지에 알록달록한 접시와 싱싱한 식재료들이 프린트되어 있다. 그 애는 책을 펼치고 첫 장에 메모를 한 뒤 내 쪽으로 밀어 준다.

그린의 어머님께.

책을 펼치자 글을 쓴 사람들의 이름이 순서대로 빼곡하게 늘어서 있다. 글자들은 너무나 작아서 아무렇게나 흩뿌려진 쌀알 같다. 눈을 가늘게 뜨고 그 애의 이름과 이력을 찾는 동안 그 애가 말한다.

그린이 허락을 구했다기에 그냥 그런 줄 알고 온 거예요. 불쾌하셨다면 죄송해요.

이봐요. 내 딸의 이름은 그린이 아니에요.

그 애가 잠시 고개를 들어 나와 눈을 맞춘다.

네. 그냥 둘이 부르던 이름이 입에 익어서요.

나는 책을 덮고 그 애에게로 책을 되밀어 준다. 그 애가 말한다.

그 집 전세 보증금은 그린과 제가 같이 마련한 거예요. 그린이 급하게 돈 쓸 데가 있다고 해서 보증금을 빼서 월세로 바꾼 게 지난해고요. 그래서 사실 저한테는 별다른 선택권이 없었어요. 방법이 있었으면 여기까지 오지도 않았을 거고요.

머릿속이 갑자기 떠오른 질문들로 자욱해진다. 나는 이 애들이 어떻게 집을 구하고 살았는지에 대해선 들은 바가 없다. 각자 얼마씩 돈을 냈고 생활비를 어떻게 부담했는지도 아는 바가 없다. 그러나 어쨌든 거기엔 내가 딸에게 준 목돈이 얼마간 더해져 있다. 나도 이 애들의 생활에 어느 정도 기여한 바가 있는 셈이다. 나는 딸애가 왜 돈을 빌렸고 그게 얼마인지 묻지 않는다. 그런 식으로 내가 책임질 이유도, 의사도, 없다는 것을 분명히 한다.

그런을 탓하려는 게 아니에요. 저희는 어떻게든 같이 있을 방법을 찾을 거예요. 저 밖에 짐을 다 버리는 한이 있어도요.

그 애가 몸을 일으켰을 때 두둑두둑 하는 소리가 나더니 비가 쏟아진다. 엄마, 하고 외치는 소리가 난다. 2층집 꼬마들 목소리다. 나는 현관에서 신발을 찾아 신는 그 애에게 말한다.

일단 짐을 들여놔요. 다 젖기 전에. 비가 그칠 때까진 여기 있어요.

장대비가 쏟아지는 마당 한가운데서 짐을 챙기고 캐리어를 끌고 오는 그 애는 말이 없다. 잔뜩 화가 난 것처럼 보이기도 하고 안도하는 것처럼 느껴지기도 한다. 순식간에 그 애의 머리칼과 옷가지가 흠뻑 젖는다. 나는 마른 수건 한 장을 건네준다.

갚지도 못할 남의 돈을 함부로 빌려 쓰다니.

딸애의 잘못은 곧 나의 잘못이다, 하는 생각. 서른이 넘은 성인들이니까 스스로 판단해서 결정한 일이다, 하는 생각. 온갖 생각들이 서로 부딪치며 덜그럭거리는 소리를 낸다.

두통이 기지개를 켜며 몸을 일으킨다.

*

이 애들은 유식하고 세련된 깡패일지도 모른다. 학교에서는 주먹을 쓰는 대신 주먹보다 강한 걸 쓰는 방법을 가르쳐 줬을지도 모른다. 그래서 뺏긴 줄도 모르고, 당한 줄도 모르고, 어쩔 수 없다고 여기는 나 같은 피해자가 나오는 거겠지.

커피 드시겠어요?

이제 매일 아침 나는 주방에서 그 애와 마주쳐야 한다. 레인. 그러나 그 이름을 소리 내어 발음한 적은 없다.

되도록 마주치지 않았으면 좋겠어요. 적어도 아침 시간엔 말이에요.

그 애가 오고 난 후 내가 가장 처음 건넨 말은 그것이다. 며칠 전 바로 이곳에서였다. 주방은 불에 탄 듯 진하고 몽롱한 커피 향으로 자욱했다. 그 애는 잠시 날 돌아보고는 다시금 커피를 내리는 데 열중했다. 한참 만에 커피 두 잔을 내렸고 한 잔을 식탁 위에 내려놓았다.

전 10시까지 출근이에요. 그래서 늘 이 시간에 일어나고요. 일어나서는 커피를 마셔야 하고요.

그러나 내 입을 막은 건 그런 당돌한 말과 무례한 태도 같은 것이 아니었다.

아시겠지만 저도 제 몫의 월세를 내고 생활비도 부담해요. 심지어 넉 달치 월세를 미리 냈고요. 불편하다고 하시니까 조심은 하겠지만 저한테도 그만한 권리가 있는 건 알고 계셔야 할 것 같아서요.

명백한 사실. 반박할 수 없는 말.

그 애가 주방에서 나간 뒤 나는 도망치듯 방으로 되돌아왔다. 그리고 침대에 걸터앉아 멍하니 그 애가 한 말을 곱씹어 보았다. 월세, 생활비, 권리. 돈과 맞바꾼 나의 권위, 부모로서의 자격, 심장을 떨리게 하는 수치심과 모멸감. 내가 편안하게 머물 수 있는 공간은 점점 줄어들고 있다. 종이를 반으로 접고 또 반으로 접듯이. 그러다 불현듯 이 애들은 내가 없다는 걸 깨닫게 되겠지. 그건 내가 사라지는 게 아니다. 내가 서 있을 자리가 사라지는 거다. 그렇게 나는 없는 사람처럼 되겠지. 아니다. 이 애들은 그조차도 알아차리지 못할지도 모른다.

그날 이후 나는 아침 식사를 챙기지 않는다.

다시금 왜 주방으로 들어왔는지 생각이 나지 않는다. 내가 멍한 표정을 하고 서 있는 사이 그 애가 커피 한 잔과 깎은 사과를 가져다준다. 그런 후에는 볼일이 끝났다는 듯 얇은 종이를 넘기며 뭔가를 읽는 데 몰두한다.

나는 간밤에 이 애들이 나눴던 대화를 안다. 내가 잠들었다고 여기고 (혹은 없는 사람 취급하며) 거실 소파에 앉아 나지막하게 주고받던 이야기. 맥주가 담긴 게 분명한 컵 두 개가 짠 하고 부딪치는 소리.

다시 올라가 볼까?

딸애가 묻고 그 애가 답한다.

조금만 더 있어 보고.

그 새끼가 한 말 어떻게 생각해? 가정사라니. 상관 말라니. 너무 재수 없지 않아? 다들 그 새끼가 하는 말을 듣고도 한마디도 안 했어. 심지어 그 경찰들도! 다 알고 있으면서. 모른 척하면 뭐 해결이 될 줄 아는 모양이지? 입 닥치고 살라는 거야, 뭐야.

2층집 남자를 가리키는 말이다. 초저녁 무렵에 시작된 2층집 부부의 다툼이 점점 커졌고 마침내 아래층까지 또렷하게 들릴 정도가 됐다. 별일 아니라고 만류하는 나를 뿌리치고 딸애는 기어이 2층으로 올라갔다. 그 애가 딸애를 곧바로 뒤쫓아 갔다.

누구야, 너는 뭐야. 문 닫아! 나가라고, 안 들려?

남자의 목소리가 들리고 나는 마당으로 나가 고개를 쳐들고 소리쳤다.

그 애는 내 딸이에요. 얘야, 내려와. 이봐요. 아니, 이 밤중에 이렇게 떠들면 어째요. 다들 조용한데. 넌 그만 내려오라니까.

잠시 정적이 일었다.

이봐요. 아가씨. 이건 우리 가정사요. 거기 서서 이래라저래라 할 이유가 없다고요.

꿈틀대는 분노를 간신히 통제하는 남자의 목소리. 기다렸다는 듯 딸애의 목소리가 달려들었다.

아저씨. 애들이 보잖아요. 가정사는 무슨 가정사예요. 사람 때리는 건 범죄예요. 가정 폭력도 폭력이라고요. 누구라도 경찰에 신고 좀 해요. 멀뚱히 보고만 있지 말고 신고하라고! 뭐하는 거야, 사람들이 전부 다. 남의 일이라고 구경만 하고. 진짜 너무들 하네!

한참 만에 경찰이 왔다. 순찰차 경광등이 번쩍거리며 고요한 골목을 깨우는 동안 딸애는 경찰들에게 화를 내며 또 언성을 높였다. 가정사에 시시콜콜 참견할 수 없고 아이 엄마가 처벌을 원하지 않는다는 경찰의 말이 끝나자마자 그 애의 목소리가 가세했다.

가해자가 눈앞에 있는데 어느 바보가 처벌을 해 달라고 말해요? 그렇게 손 놓고 있지 말고 무슨 일이 어떻게 일어났는지 조사하는 시늉이라도 하세요.

여긴 작은 동네다. 이런 식으로 그 애들이 소란을 피우고 사람들의 이목을 끌지 않았으면 좋겠다. 결혼을 하고 아이를 가진 저들 부부가 뭘 하든 간에 그저 모른 척하고 넘어갔으면 좋겠다. 저 애들은 부부가 되고 가족을 꾸리는 일의 고단함을 모른다. 그런 걸 모른다는 부끄러움도 없다. 부끄러워해야 할 사람이 누구인지도 생각하지 못한다. 나는 대문 너머 골목이 술렁이는 걸 확인한 다음 집 안으로 들어와 방문을 닫고 누워 버렸다.

그 모든 소란이 끝나고도 그 애들의 소곤거리는 목소리는 얕고 허약한 내 잠 속을 쉬지 않고 드나들었다.

모른 척하는 게 쉽잖아. 편하고. 그냥 몰랐다고 하면 그만이니까.

그러니까! 사람들이 정말 너무해. 진짜 너무한다고. 알 만큼 아는 인간들이 하는 짓이 다 개차반이야. 애가 자지러지게 우는데도 어쩜 그럴 수 있어? 애를 봐서라도 그럼 안 되는 거 아냐? 동네 사람들은? 뭐 구경났어? 다 듣고 있으면서. 어쩜 사람들이.

목소리 좀 낮춰. 너희 어머니 깨겠다.

딸애의 목소리는 뜨겁고 그 애의 목소리는 적당히 서늘하다. 차가운 것은 아래로, 뜨거운 것은 위로. 곡선을 그리며 만들어지는 원. 그 둘을 섞으면 딱 적당한 온도가 만들어질 것 같다.

이 애들은 세상을 뭐라고 생각하는 걸까. 정말 책에나 나올 법한 근사하고 멋진 어떤 거라고 믿는 걸까. 몇 사람이 힘을 합치면 번쩍 들어 뒤집을 수 있는 어떤 거라고 여기는 걸까.

휴대폰 알람 소리가 울리고 딸애가 주방에 나타난다.

오늘도 내가 젤 늦었네. 엄마, 벌써 나가? 이렇게 일찍? 뭐야, 둘이 다정하게 커피도 마시고.

딸애는 날 보는가 싶더니 어느새 그 애의 어깨에 한 손을 두르고 감싸 안다시피 하고 있다. 나는 반사적으로 고개를 돌리고 불쾌한 기색을 내비치지 않으려고 최선을 다한다.

교회에 들렀다가.

나는 잠깐 숨을 고르고 말한다.

출근해야지. 나 신경 쓰지 말고 일 봐라.

나는 바보처럼 냉장고를 향해 말하고 있다.

교회? 엄마, 아직 교회 가? 안 간다고 했잖아.

딸애가 의자에 앉아 한쪽 다리를 세우고 못마땅한 듯 중얼거린다.

아주 아플 때 말고는 교회에 안 간 적이 없다.

나는 단호하게 말한다. 그건 거짓말이다. 무릎을 세우고 발톱을 만지작거리는 딸애의 뒷모습을 지나쳐 그대로 주방을 나온다. 신발장을 열고 신발을 찾고 있을 때 그 애가 기다란 보온병과 작은 약통을 건네준다.

이건 커피고요. 이건 약통이에요. 뚜껑에 요일이 적혀 있거든요. 나중에 헷갈릴 필요가 없으실 것 같아서요.

시도 때도 없이 약을 먹었나, 안 먹었나, 중얼거리는 내 버릇이 들통난 게 틀림없다. 하는 수 없다는 듯 그것들을 양손에 받아 쥐고 집을 나선다. 보온병의 색감과 질감이 고급스럽다. 칸이 나눠진 플라스틱 약통도 마찬가지다. 그것들을 손수건으로 꼼꼼히 닦으며 교회까지 걸어간다. 버리기엔 아까운 것들이다. 버리면 또 언젠가는 돈을 주고 사야 할 것들이다. 교회 입구에 몇 사람이 모여 서서 이야기를 나누는 중이다. 주변이 한산해진 후에야 나는 교회 안으로 들어선다.

딸이 왔다면서요? 좋겠네.

소예배실 귀퉁이에 숨바꼭질하듯 앉아 있던 나는 사람들에게 너무나 쉽게 발견된다.

얼마나 좋아. 딸내미가 챙겨 준 건가 보네.

사람들은 내게 일어난 사소한 변화들을 금방 찾아낸다. 플라스틱 물통 대신 길고 반짝이는 보온병을 들고 있는 나. 작고 가벼운 우산과 앙증맞은 손가방을 챙겨 나온 나. 프릴로 만든 꽃무늬 브로치를 달고 있는 나. 딸애와 찍은 사진을 휴대폰 배경 화면으로 설정해 둔 나.

이 집 딸이 대학 교수잖아. 그지?

그래요? 대단한 일 하셨네. 큰 은혜지. 자식 잘되는 것만큼 큰 은혜가 없잖아요.

여기 권사님이 교직 생활을 하셨잖아요. 그래서 자식 가르치는 데엔 돈 안 아꼈어. 그래도 투자한 만큼 이뤘으니 얼마나 좋아요.

누군가 버튼을 누르듯 말을 시작하면 자기네들 멋대로 살을 붙여 부풀린 이야기들이 끝도 없이 나온다. 이 사람들은 내가 기도하러 오지 않았다는 것을 아는 걸까. 그래서 내가 손을 모으고 눈을 감고, 왜 하필이면 내게 이처럼 어마어마한 고통을 주셨느냐고 따져 물을 수 없도록 필사적으로 막아서고 있는 걸까.

우리 딸은 정체를 알 수 없는 프린트물과 책을 넣은 돌덩이 같은 가방을 메고 하루 종일 전국을 떠돌아다녀야 하는 보따리 강사라는 말이 목구멍까지 올라온다. 좁디좁은 차 안에서 끼니를 때우고 쪽잠을 자고 집에 돌아와서는 또다시 책과 글 속에 파묻혀 무너지듯 잠이 드는 불쌍한 애라는 말이 가슴을 쾅쾅 때리고 간다. 게다가 이제는 월세를 내겠다는 명목으로 정체불명의 여자애와 함께 내 집에 쳐들어와서, 부모를 욕보이려고 한다는 말이 금방이라도 새어 나올 것만 같다.

나는 사람들 사이를 바쁘게 오가는 말들 사이로 몰래 연단을 올려다본다.

딸애가 밤마다 전화를 하고 편지를 쓰는 상대가 여자애라는 걸 처음 눈치챘을 때 나는 그냥 내버려 두었다. 어린 여자애들 사이에선 흔하게 있는 일이니까. 대학에 진학하고 자취를 시작하게 된 딸애에게 다시금 어떤 이상한 기운이 감지되었을 때에도 분명한 확증이나 심증을 목격하지 않으려고 안간힘을 썼다. 그러는 사이 딸애는 내가 어떻게 할 수 없을 만큼 멀리 가 버린 걸지도 모른다. 어떻게든 뭔가를 바로잡아야할 시기를 바보처럼 그냥 흘려보낸 것일지도 모른다.

내가 한 거라곤 연단이 올려다보이는 이곳에 앉아 남들이 엿들을지도 모를 말들을 가만히 손으로만 매만지면서 침묵을 키운 것뿐이다. 하고 싶은 말, 해야 하는 말, 할 수 없는 말, 해서는 안 되는 말. 이제 나는 어떤 말에도 확신을 가질 수 없다. 이런 말을 도대체 누구에게 할 수 있을까. 누가 들어 주기나 할까. 할 수도 없고 들을 수도 없는 말. 주인이 없는 말들.

*

 자, 여길 잡으세요. 잡고 조금만 계세요. 힘을 주고.

 젠의 누운 몸을 한쪽으로 돌려세우기까지 오랜 시간이 걸린다. 덜덜 떨리는 젠의 손이 간신히 침대 난간을 찾아 쥔다. 한참 만에 바지를 내리자 앙상한 엉덩이가 드러난다. 빨갛게 짓무른 자리가 조금 더 커져 있다. 기저귀를 제거한 다음 마르고 앙상한 젠의 한쪽 다리를 들어 올린다. 지린내와 큼큼한 악취가 떠오른다. 젠의 다리 하나를 어깨에 올려 두고 물티슈로 시커먼 사타구니를 닦는다. 몇 가닥 남지 않은 털이 시커멓게 늘어진 살에 달라붙어 있다. 아래로, 아래로만 허물어지는 몸. 드레싱 거즈로 엉덩이 전체를 소독하고 있을 때 권 과장이 나를 부른다.

 사람들이 무시로 지나는 복도 한쪽에서 내가 듣는 말은 이런 것이다.

 너무 자주 드레싱하실 필요는 없어요.

 나는 권 과장이 하는 말을 한 번에 이해하지 못한다.

 전반적으로 기저귀도 너무 많이 사용하시고 휴지나 물티슈 같은 것도 과하게 쓰시는 것 같아서 말입니다.

 이 사람은 내가 그런 비품들을 개인적으로 유용했다고 생각하는 걸까. 쓸데없이 낭비한다고 의심하는 걸까. 그러나 곧 그런 의미가 아님이 분명해진다.

여사님. 이게 다 돈 아닙니까. 좀 아껴 써 달라는 부탁입니다. 이런 말씀 드리기 좀 그렇지만 기저귀도 잘라 쓰시면 몇 번 더 쓰실 수 있잖아요. 실제로 다들 그렇게 하고 계시고요. 드레싱 거즈도 필요한 만큼만 사용하실 수 있고요. 마음만 먹으면 사실 못 아낄 게 뭐가 있습니까.

대부분의 시설에서 국가 보조금으로 연명하는 환자들을 그렇게 보살핀다는 걸 나도 모르지 않는다. 그런 곳에서 일할 때엔 나도 한정된 비품을 아끼는 데에 혈안이 되어 있었다. 요양 보호사들이 경쟁하듯 새로운 방법과 노하우를 찾아내면 슬며시 그걸 따라 하고 나중에는 따라 하고 있다는 사실조차 잊어버리곤 했다.

그러나 이곳의 경우는 다르다. 이곳은 많은 비용을 부담해야 하고 그만한 대우를 받을 자격이 있는 사람들이 머무르는 곳이다. 젠의 경우도 마찬가지다. 젠이 이곳에 온 뒤로 후원금과 기부금 명목으로 결코 무시하지 못할 만큼의 지원이 따라왔다는 걸 아는 사람은 다 안다. 그동안 병원 관계자들이 젠에게 보인 극진한 태도는 그런 것과 무관하지 않다.

그럼에도 나는 고개를 끄덕이는 것으로 대답을 대신한다. 부주의하게 말을 꺼내고 불쾌한 기색을 들키고 싶지 않아서다. 지난번 취재가 엉망이 되었기 때문일까. 그래서 아무런 후원도 들어오지 않은 걸까. 기억을 잃은 젠이 더 이상 자신의 과거를 팔아먹을 수 없을 거라고 판단한 걸까. 그래서 돈이 안 된다고 여기는 걸까. 병실로 돌아오자마자 나는 침대 옆 선반을 열어 본다. 어차피 내가 할 수 있는 일은 없다. 나와는 무관한 일이다. 그런 식으로 스스로를 다독이면서 남은 물티슈와 휴지, 기저귀의 개수를 세어 본다.

거기 내 보따리 있어?

젠이 묻는다.

나는 스카프 천으로 감싸 놓은 보따리를 들어 보인다. 오래전 젠이 어딘가에서 받은 증서들을 모은 것이다. 졸업장, 표창장, 감사장. 이제 그것들은 더러운 휴지 조각과 한데 뒤섞여 있다. 빈 병과 깡통, 신문지 뭉치도 한가득이다. 언젠가부터 젠은 이런 쓰레기를 모으고 지키는 데 집착한다. 그것들이 무슨 대단한 귀중품이라도 되는 것처럼 군다.

여기 잘 둘게요. 걱정 마세요.

응. 잘 둬야 해. 꼭 필요한 거야.

젠의 얼굴에 엷게 미소가 떠오르고 둥근 주름들이 살아난다.

내가 소속된 곳은 이 요양원이다. 정해진 날짜에 월급을 주는 것도 이 요양원이다. 아니, 엄밀히 말하면 나는 간병인 파견업체에 소속된 사람이고 내 업무를 평가하고 일을 더 시킬지 말지 결정하고 월급을 주는 것 모두가 그 업체의 소관이다. 다만 지금은 그런 식으로 젠과 거리를 두면서 권 과장의 지시 사항을 잘 따르려고 애쓸 뿐이다.

하지만 뭔가를 악착같이 아끼고 줄이는 건 쉽지 않은 일이다. 특히 사용한 기저귀의 젖은 부분을 잘라 내고 신문지를 깔고 휴지로 덧댄 다음 다시 채워 주는 일은 곤혹스럽다. 젠의 엉덩이 한쪽에 손톱만 하게 짓물렀던 자리는 어느새 손바닥 크기만큼 커져 있다. 거뭇거뭇한 피부가 불에 탄 듯 새빨갛게 벌어지는 걸 알면서도 악취가 나는 기저귀를 채우고 바지를 입혀 준다. 짓무른 자리는 곧 욕창이 될 것이다. 시커멓게 입을 벌리고 살을 파먹기 시작할 것이다.

어차피 노인네들은 아픈 것도 몰라. 거기 감각이 죽는다니까. 너무 그럴 거 없어.

너도 어쩔 수 없구나 하는 얼굴로 교수 부인이 훈수를 두고 간다. 그때마다 화끈거리는 얼굴을 어떻게 해야 할지 모르겠다. 그렇게 보면 나는 일한 지 채 한 달도 안 된 저 젊은 새댁보다도 못한 것 같다. 저 사람들은 감정이라 할 만한 것들을 모두 집에 두고 오는 것 같다. 맺고 끊고 이쪽과 저쪽을 구분하고, 아직은 그런 일들이 척척 수월하게 되는 탓일지도 모른다.

집으로 돌아온 나는 거실을 빼앗기고 주방도 빼앗긴 채 방

안에 갇혀 있다. 2층에서 벽을 두드리고 부수고 못질하는 소리가 이어지더니 잠잠해진다. 이윽고 2층 난간에서 남자 하나가 크게 소리친다.

사모님. 오늘 작업 마치고 갑니다. 모레쯤에는 마무리할게요.

딸애와 그 애에게 미리 받은 넉 달치 월세는 2층집 수리비로 또 고스란히 날아가고 말았다. 어차피 대답을 기대한 말이 아니므로 나는 잠자코 고개만 끄덕인다. 해가 저물고 주방 쪽에서 뭔가 달그락거리는 소리가 들리더니 누군가 노크를 한다. 그 애다.

토마토 수프를 만들었는데 좀 드실래요?

나는 텔레비전 소리를 낮추고 최대한 예의를 갖춰 대답한다.

난 괜찮아요.

문이 열리고 그 애가 고개를 내민다.

맛이 괜찮은데요. 좀 드셔 보세요. 저한테 말씀도 낮추시고요.

나는 그만 됐다는 듯 손을 내젓는다. 피로가 몰려온다. 너무 많이 움직인 탓일까. 허기조차 느낄 수 없다. 이 애들이 온 뒤 거실에 있던 텔레비전은 내 방으로 옮겨졌다. 그건 나에 대한 배려일까. 거실로 나오지 말라는 의미일까. 나는 텔레비전을 켜 놓은 채 깜빡깜빡 졸음에 빠진다. 잠결에 누군가 내 방으로 들어와 무슨 말인가를 하고 뭔가를 챙겨 나가는 것을 느끼지만 잠을 떨쳐 낼 수가 없다. 한참 만에 눈을 뜨고 정신을 차렸을 때는 이미 한밤중이다.

살며시 문을 열고 거실로 나온다. 착착. 초침이 원을 그리는 소리. 눅진한 공기 탓에 발바닥이 거실 바닥에 쩍쩍 달라붙는다. 화장실 문을 열어 둔 채 변기에 앉았다가 문을 제대로 닫은 다음에야 오줌을 눈다. 주방은 말끔히 정리되어 있다. 싱크대에 널린 새하얀 행주에서 표백제 냄새가 난다. 매사 덜렁대고 허술한 딸애의 솜씨는 아니다.

며칠 전 딸애가 옷들을 모두 한데 섞어 빨았다고 화를 낸 적이 있다. 하얀 리넨 셔츠에 붉은 물이 들었다며 소리를 쳤다. 어차피 하얀색이니까 세제에 좀 담가 두면 될 텐데도 거의 펄펄 뛰다시피 했다. 그럴 때 딸애는 죽은 남편 같다. 화가 나면 아무것도 보려 하지도, 들으려 하지도 않고 분이 풀릴 때까지 제멋대로 군다. 상대방을 어쩔 줄 모르게 하고 꼼짝없이 얼어붙게 만든다.

빨래는 제가 할게요. 제가 해도 되는데 생각을 못 한 것 같아요.

딸애가 방문을 쾅 닫고 들어가고 세탁기 앞에 서 있는 나를 위로한 건 그 애였다. 딸애도 그렇게 말을 할 줄 알면 얼마나 좋을까. 그런 생각을 한 기억이 난다. 딸애는 내 딸이니까, 우리는 가족이니까, 결코 그런 다정한 말은 나오지 않는 거겠지. 이 애와 나는 아무 상관이 없는 사람들이니까 언제나 적당한 만큼의 배려와 예의를 보일 수 있는 거겠지. 나는 아무런 대답도 하지 않고 세탁기가 있는 다용도실을 나왔다. 그러니까 나는 번번이 그 애가 하는 말에 동의를 하고 한마디를 보태고 그러면서 어떤 대화라고 할 만한 것을 하고 싶은 충동을 간신히 참아 내고 있는지도 모른다. 그만큼 그 애는 때때로 지나치게 사려 깊다. 내게 어떤 말이 필요하고, 무슨 말을 듣기 원하는지 너무나 잘 알고 있는 것 같다.

주전자에 버섯 끓인 물이 있다. 그 애가 끓였을 게 분명한 그 미지근한 물을 홀짝거리며 생각한다. 요리도 잘하고 청소도 잘하는 그 애는 왜 결혼을 하지 않는 걸까. 가정을 꾸리고 아이를 낳아 기르고 엄마가 되고 사회적 책임을 다하는 일. 그런 의미 있고 대견한 일을 할 생각을 하지 않고 무의미하게 시간과 에너지를 낭비하고 있는 걸까.

나는 습관처럼 문단속을 하고 이끌리듯 딸애의 방 앞에 선다. 손을 갖다 대자 미끄러지듯 문이 열리고 털털거리며 돌아가는 선풍기 소리가 난다. 나는 선풍기의 세기를 조금 낮추고 모기향을 문 쪽으로 옮겨 놓는다. 그런 다음 참지 못하고 침대 쪽으로 고개를 돌린다.

민소매 셔츠와 짧은 바지를 입은 딸애의 팔이 돌아누운 그 애를 부드럽게 감싸고 있다. 사이가 좋은 자매. 가까운 친구. 그러나 이 애들을 끌어당기는 것은 그런 흔하고 평범한 이유가 아니다. 그게 뭐든 내 짐작이나 예상 밖에 있는 어떤 것이 분명하다.

그렇지만. 어쩌면.

그건 딸애의 착각이 아닐까. 아직은 어리석고 순진한 이 애들의 오해가 아닐까. 그래서 며칠이 지나면, 몇 달이 지나면, 언제 그랬냐는 듯 없던 일처럼 될 수 있지 않을까. 나는 눈앞에 보이는 이 장면을 구겨 버리고 아주 작게 만들고 멀리 던져 버릴 수 있다. 그럴 리 없다고 생각하고 모른다고 여기면 얼마간은 편해질지도 모른다. 차라리 몰랐으면 좋았을 것들. 아무것도 모를 때엔 너무나 편안하고 자연스럽게 여겨지는 것들. 그러나 뭐든 제대로 알게 되는 순간. 그것들은 발톱을 세우고 마침내 본색을 드러내는 것 같다. 진실과 사실. 그런 명백한 것들의 속성. 언제고 그것들은 사납게 달려들 준비를 하고 있다.

벽 쪽으로 돌아누운 그 애의 다리 사이에 끼워진 딸애의 종아리. 살과 살이 맞닿고 숨이 합쳐지고 서로를 끌어당기며 그 애들은 마침내 한 몸이 된 것처럼 보인다. 얼굴이 달아오른다. 당장이라도 둘을 깨워 멀리 떨어뜨려 놓고 싶은 충동을 간신히 억누르며 조심스럽게 방을 나온다. 내가 쓰는 방을 제외하고 방은 두 개다. 선풍기도 두 개. 스탠드도 두 개. 테이블도 두 개다. 각자 하나씩 방을 차지하고 있다가도 밤이 되면 왜 이렇게 꼭 붙어 자야 하는 걸까. 그러나 고작 살을 맞대고 누워 잠이 드는 것 말고 이 애들이 뭘 더 할 수 있을까.

저 애들과 지내는 동안 내가 또 무엇을 더 보게 될지 두렵지 않은 건 아니다. 그러니까 내가 걱정하는 것은 이런 것이다. 어떤 순간과 장면 들이 아무런 예고 없이 내 눈앞에 나타나는 것. 어쩔 수 없이 그런 것들과 맞닥뜨려야 하는 것. 내가 상상하고 짐작한 바로 그것들을 똑바로 봐야 하는 것. 어쩌면 내가 각오한 것보다 훨씬 끔찍하고 두려운 모습일지도 모르는 어떤 것.

마땅히 감춰져야 하는 것들이 드러나고 마침내 내가 목격하게 되는 순간이 오겠지. 하필이면 왜 이런 일이 내게 일어났을까. 누군가는 그럴 만한 원인이 있을 거라고 생각할지도 모른다. 아니 땐 굴뚝에 연기가 날까. 그런 시시껄렁한 속담을 소곤거릴지도 모른다. 그러나 나는 그럴 만한 이유도, 원인도, 잘못도 찾지 못했다. 그래서 이렇게 속수무책 보고 싶지 않은 것들에 노출되면서 괴롭힘을 당하고 있는 건지도 모른다.

어느 일요일 아침에 딸애가 나가고 정오가 되기 전에 그 애도 나간다. 나는 청소를 한다는 핑계로 집 안의 창과 문을 활짝 연 다음 딸애의 방으로 들어간다. 얇은 이불과 옷가지들을 세탁기에 넣은 다음 책과 서류로 엉망인 책상을 정리한다.

강사 해임 철회 촉구서.

그리고 내가 발견하는 것은 투명한 파일에 꽂힌 서류 한 뭉치다. 나는 돋보기안경을 가져와 서류의 맨 앞장을 꼼꼼히 읽는다. 학교 이름 옆에 크고 네모난 직인이 찍혀 있다. 갓 찍은 듯 인주 색이 짙고 붉다. 찬찬히 서류 뭉치를 넘겨 본다. 딸애가 썼거나 그 애가 썼거나, 누군가 썼을 게 분명한 성난 단어들을 골똘히 내려다보다가 그만 방을 나온다.

너도 이제 제대로 된 직장을 좀 알아봐야 하지 않니?

고민 끝에 내가 적당하다고 여긴 말의 수위는 겨우 그 정도다. 그러나 결국 그 말조차도 꺼내지 못한다. 돈 때문이다. 이 모든 게 돈 때문이라는 걸 나는 안다. 내가 이 애들에게 월세를 받지 않았다면. 세금과 식료품 명목으로 웃돈을 더 받지 않았다면. 딸애에게 전셋집을 얻어 주는 조건으로 그 애와 헤어질 것을 요구할 수 있었다면. 딸애가 빌려 간 돈을 당장 내주고 그 애에게 나가 달라고 말할 수 있었다면.

언제든 무슨 일이냐고 따져 묻고 엄한 얼굴로 충고와 조언을 했을 것이다.

지금의 나는 그럴 자격이 없다. 딸애를 세상에 데려왔다는 사실. 그것만으로 자격이 유지되던 시절은 끝났다. 이제 그것은 끊임없이 갱신되고 나는 이제 그럴 능력도 기운도 없다. 그건 그 애들도 마찬가지다. 입이 벌어질 만한 액수를 들이대며 그만 우리를 이해해 달라고 요구한다면 나는 어떻게 반응해야 할까. 단순히 돈으로 셈할 문제가 아니라는 걸 알면서도 나는 돈에 대한 생각을 지울 수가 없다.

요즘에 무슨 일 있니?

며칠이 지난 어느 날 아침. 나는 어렵고 조심스럽게 이 한마디를 골라낸다. 그 애가 집에 없다는 걸 확인한 뒤다. 딸애는 소파에 앉아 꾸벅꾸벅 졸다가 날 올려다본다. 어젯밤 딸애는 자정이 다 되어서야 들어왔다. 거의 매일 이런 식이다. 날이 훤히 밝은 다음에야 비척거리며 유령처럼 들어올 때도 있다.

엄마, 나 피곤해. 나중에 이야기해.

나는 그대로 지나치려다가 화들짝 놀라 딸애에게로 다가간다. 관자놀이부터 푸르스름하게 멍이 들어 있다. 목덜미엔 울긋불긋한 손톱자국이 나 있고 어깨와 팔뚝은 벌겋게 부어올라 있다.

세상에. 이게 다 뭐니.

내 목소리가 높아진다. 딸애는 귀찮다는 듯 내 손을 뿌리치고 반대편으로 누워 버린다. 나는 딸애를 일으키고 단호하게 말한다.

도대체 이게 다 뭐냐니까.

넘어졌어. 그냥 넘어졌다고. 엄마. 나 그냥 좀 내버려 둬.

딸애의 목소리가 울렁거린다. 나는 점점 언성을 높이고 딸애를 일으키려고 안간힘을 쓰다가 울먹거리는 걸 들키고 만다.

도대체 내가 뭘 잘못했는지 모르겠다. 네가 어디서부터 어떻게 잘못됐는지 정말 모르겠다. 서른이 훌쩍 넘은 여자애가 직장도 없고 결혼할 생각도 없고 어디서 이상한 여자애를 집 안으로 끌고 온 것도 모자라서 이제는 싸움질까지 하고 다니다니. 날 괴롭히려고 작정한 게 아니면 어쩜 이럴 수 있는지. 이제 늙은 엄마가 하는 말은 아예 안중에도 없는 거니.

아, 또 왜 그래. 별일도 아니잖아. 무슨 말을 그렇게 해.

딸애는 고개를 들고 잠시 나와 눈을 맞춘다. 실금처럼 빨간 핏줄이 눈동자를 가득 메우고 있다. 감정이 통제권 밖으로 빠르게 달아나 버린다. 순식간이다. 나는 환하게 열린 창을 닫으며 목소리를 낮춘다.

도대체 네가 배운 그 훌륭하고 대단한 것들은 어디에 쓰는 거니. 부모는 깡그리 무시하고 다른 사람들한텐 똑똑한 척하는 거. 그게 네가 배운 좋은 공부구나.

딸애는 몸을 일으키고 똑바로 앉는다.

무슨 공부 타령이야. 언제 듣기나 했어? 다른 사람들 말은 다 들으면서도 내 말은 죽어도 안 듣잖아.

나는 목소리를 낮추고 담담하게 말한다.

네가 하는 말 같지도 않은 말은 이미 많이 들었다. 무슨 말을 또 얼마나 해서 가슴에 대못을 치려는지 모르겠지만. 나한테도 권리가 있다. 힘들게 키운 자식이 평범하고 수수하게 사는 모습을 볼 권리가 있단 말이다.

평범하고 수수하게 사는 게 뭔데? 내가 사는 게 어디가 어때서?

딸애의 언성이 높아진다. 나는 저지하듯 딸애의 손목을 잡고 단호한 목소리를 낸다.

어디가 어때서라니. 너 정말 몰라서 묻니? 몰라서 물어?

엄마, 정말 너무한다고 생각 안 해? 정말 끝까지 이러기야. 이미 그 이야긴 다 끝난 거잖아.

기억은 늘 가장 연약한 부분부터 깨어난다. 나로선 정리할 수 없고 인정할 수 없는 것. 그래서 완전히 다물리지 않고 내내 들썩거리며 신경을 긁는 것. 다시금 뚜껑이 저절로 확 열어젖혀진다. 거기, 어둡고 좁은 골목을 걸어오는 딸애가 있다. 그날 나는 종일 딸애를 기다렸다. 멋대로 집을 나가 독립한 딸애의 원룸 앞을 서성이며 날이 저무는 풍경을 지켜보았다. 딸애는 밤이 깊어서야 돌아왔다. 딸애가 현관문을 열자 좁고 어두운 방이 나왔다. 얇은 요와 이불. 작은 밥상과 스탠드 하나가 전부인 방. 밤에도 낮에도 해가 들지 않는 방. 딸애는 종이컵에 물을 담아 내왔다. 나는 말없이 방바닥에 놓인 그 종이컵을 우두커니 내려다보다가 그곳을 나왔다. 물 한 모금도 삼켜지지 않았다.

그리고 아프게 깨달았다.

이대로 딸애를 계속 당기기만 하면 결국 이 팽팽하고 위태로운 끈이 끊어지고 말겠구나. 이대로 딸을 잃고 말겠구나.

그러나 그게 이해를 뜻하는 건 아니다. 동의를 의미하는 것도 아니다. 나는 다만 내가 쥐고 있던 끈을 느슨하게 푼 것뿐이다. 딸애가 조금 더 멀리까지 움직일 수 있도록 양보한 것뿐이다. 기대를 버리고, 욕심을 버리고, 또 무언가를 버리고 계속 버리면서 물러선 것뿐이다. 그게 얼마나 어려운 일이었는지. 딸애는 정말 모르는 걸까. 모른 척하는 걸까. 모르고 싶은 걸까.

끝나긴 뭐가 끝나. 너 정말 몰라서 그러니? 내가 매일 이런 광경을 마주 보고 사는 기분이 어떤 건지 너 한 번이라도 생각해 봤어? 다 자란 자식이 이렇게 비정상적으로 사는 걸 봐야 하는 기분이 어떤 건지 생각해 본 적 있어?

딸애는 멍하니 천장을 올려다보고 한숨을 내쉰 다음 옷을 갈아입고 현관문을 연다. 그런 다음 무슨 말인가를 하려고 잠시 내 쪽으로 고개를 돌리는가 싶었는데 그대로 나가 버린다. 조마조마한 마음이 가시고 입술 사이로 안도의 한숨 같은 것이 새어 나온다.

나는 좋은 사람이다.

평생을 그렇게 하려고 애써 왔다. 좋은 자식. 좋은 형제. 좋은 아내. 좋은 부모. 좋은 이웃. 그리고 오래전엔 좋은 선생님.

정말 힘들었겠구나.

나는 공감하는 사람.

최선을 다했으면 됐다.

나는 응원하는 사람.

다 이해한다. 이해하고말고.

나는 헤아리는 사람.

아니. 어쩌면 겁을 먹은 사람. 아무 말도 들으려 하지 않는 사람. 뛰어들려고 하지 않는 사람. 깊이 빠지려 하지 않는 사람. 나는 입은 옷을, 내 몸을 더럽히지 않으려는 사람. 나는 경계에 서 있는 사람. 듣기 좋은 말과 보기 좋은 표정을 하고 아무도 모르게 조금씩 뒷걸음질 치는 사람. 여전히 나는 좋은 사람이고 싶은 걸까. 그러나 지금 딸애에게 어떻게 좋은 사람이 될 수 있을까.

며칠 동안 딸과 나 사이에는 캄캄한 침묵이 흐른다.

*

버스에서 내렸을 때 비는 완전히 그쳐 있다. 나는 후텁지근한 터미널 안 의자에 잠시 앉는다. 간이매점과 더러운 화장

실, 매표소가 전부인 터미널을 오가는 사람은 서너 명이 전
부다. 무릎이 시큰거린다. 뾰족한 바늘이 아주 예민하고 민감
한 부분을 쿡쿡 찔러 대는 것 같다. 간신히 몸을 일으키고 터
미널 밖으로 나가 노란 햇빛 속에서 택시를 잡는다. 혀를 내
밀고 입맛을 다셔 봐도 메마른 입안엔 침이 고이지 않는다.

뭐요? 띠 뭐요? 누구요? 무슨 관곕니까?

느릿느릿 걸어 나온 늙수그레한 경비는 모자를 탈탈 털며
나를 요리조리 관찰하기만 한다. 정문 너머 커다란 트럭이 서
있고 낡은 컨테이너가 쌓여 있는 게 보인다.

후견인이 있었다고요. 그 사람한테요. 그분이 지금 요양원
에 계시거든요. 몇 가지 좀 알려 주려고 왔어요.

후견, 뭐요? 뭐라고요? 그게 뭡니까?

다리가 후들거린다. 비닐하우스가 늘어선 시골길을 오래
걸어 들어온 탓이다. 목이 마르고 눈이 따끔거린다. 이 나라
공장들은 왜 죄다 이 모양일까. 알록달록하게 보기 좋게 꾸며
놓을 수는 없는 걸까. 온통 잿빛으로 무장하고 접근을 막고,
불친절하게 굴면서 사람을 주눅 들게 하는 걸까.

이봐요. 더 들어오지 말고. 거기서 기다려요. 아 글쎄, 거기
서 기다리라니까요.

경비는 경비실 창을 열고 손을 뻗어 전화기를 쥔다. 공장
입구에 쪼그리고 앉은 내 머리 위로 뙤약볕이 쏟아진다. 무릎

이 시큰거리고 발바닥이 따끔거린다. 이런 순간엔 내가 벌을 받고 있다는 확신을 지울 수 없다. 도대체 내가 반성하고 뉘우쳐야 하는 건 뭘까. 누구라도 좋으니 부디 알려 줬으면 좋겠다.

누구세요?

처음 나온 사람은 띠팟이 아니다. 띠팟의 동료라고 자신을 소개한 남자는 내 차림을 살피고 다시 공장 안으로 들어간다. 진짜 띠팟이 나온 건 몇 분이 더 지난 뒤다. 그는 훤칠한 외모를 가졌다. 내가 생각한 것처럼 피부가 까맣지도, 깡마르고 왜소한 체구도 아니다. 정비공들이나 입을 법한 일체형 작업복을 입지 않았다면 훨씬 인상이 좋아 보일 것 같다. 그랬다면 사윗감으로도 손색이 없을 정도다. 생전 처음 보는 남자들을 딸애 옆에 나란히 세워 보는 일. 주책이라고 생각하면서도 그만둘 수가 없다. 그는 손에 낀 장갑을 벗고 상의 지퍼를 조금 내린다. 기름 냄새와 땀 냄새, 코가 매운 약품 냄새 같은 것들이 한꺼번에 몰려온다. 나는 따끔거리는 눈을 비비면서 무슨 말을 어디서부터 시작해야 할지 알 수 없는 기분이 된다.

이제희. 이제희 씨요.

나는 젠의 이름을 여러 번 말하고 젠의 이야기를 한다. 띠팟의 머릿속에서 젠의 이름이 떠오르기까지 한참이 걸린다. 그의 표정에서 기억이 반짝하고 켜지는 것을 나는 금방 알아챈다.

지금 요양원에 계세요. 노인 병원이요. 왜 나이 많으신 분들이 지내시는 곳 있잖아요.

내가 말하고 띠팟이 묻는다.

많이 아프신가요?

연세가 많으시잖아요. 이제 혼자 지내시긴 어렵죠.

띠팟이 혼잣말처럼 중얼거린다.

맞아요. 나이가 많으시죠.

말소리가 좁은 그늘 속을 나지막하게 오간다. 나는 차분하게 기다린다. 대화가 이어지고 이어져서 마침내 내가 생각한 데까지 이르기를. 그래서 내가 준비한 말을 자연스럽게 꺼낼 수 있을 때까지. 그리고 곧 그 순간이 온다.

언제 한번 요양원에 올 수 있어요? 한번 와요. 보고 싶어 하세요.

그건 거짓말이다. 그러나 그가 찾아와 준다면 젠에 대한 처우가 조금은 바뀔지도 모른다. 적어도 이런 식으로 겁 없이 막무가내로 젠을 대할 수는 없을 것이다. 내가 기대하는 건 그뿐이다.

그러지 말고 언제 한번 와요. 그렇게 해요.

띠팟의 커다란 눈이 나를 우두커니 내려다본다.

제가 잠시 나온 거거든요. 곧 들어가야 해요. 저는 쉬는 날이 없어요. 연락처를 주세요. 연락을 드릴게요. 저는 휴대폰이 없어요.

그는 작업복 소매를 매만지며 중얼거린다. 귀찮고 성가시다는 투다. 닳아서 나달나달한 소매 끝이 새까맣다. 어쩌면 정말 여유가 없는 탓일지도 모르지. 그래도 서운하고 괘씸한 마음은 사라지지 않는다. 경비에게 볼펜을 빌려 전화번호를 메모하고 있을 때 띠팟이 말한다.

저도 꼭 한번 보고 싶다고 전해 주세요. 정말로요. 늘 궁금했다고요. 꼭 한번 찾아간다고요.

나와 눈이 마주치자 한마디 더 한다.

만난 적이 없어요. 한 번도요.

나는 공장의 상호와 전화번호를 메모한 뒤 좁은 비포장 길을 걸어 나온다. 트럭과 오토바이가 지날 때마다 노랗게 흙먼지가 인다.

세상에.

그때마다 나는 주춤거리며 길가로 물러서다가 완전히 멈춰 선다. 그리고 멀리 내다보이는 산 쪽으로 돌아선다. 눈이 따끔거리고 버석거리는 느낌이 들더니 눈물이 새어 나온다.

어쩌자고 한 번도 만나 보지도 않은 사람에게. 남이나 마찬가지인 저런 애에게 매달 돈을 보낼 생각을 한 걸까.

더운 눈가를 훔친다. 땀인지 눈물인지 알 수 없는 것들이 손등에 흥건하게 묻어난다.

세상에. 그 여자는 어쩌자고 이런 한심하고 어이없는 일을 몇 십 년 동안 한 걸까.

그게 뭐든. 언제나 받는 사람은 모르는 법이다. 그건 다만 짐작이나 상상으로는 알 수가 없는 거니까. 자신이 받는 게 무엇인지, 그걸 얻기 위해 누군가가 맞바꾼 것이 무엇인지, 그래서 그 돈이 어떤 빛깔을 띠고 무슨 냄새를 풍기며 얼마나 무거워지는지 결코 알 수 없다. 그런 귀중한 걸 누군가에게 줘야 한다면, 줄 수 있다면, 가족이 유일하다. 숨과 체온, 피와 살을 나눠 준 내 자식 하나뿐이다.

젠은 왜 이런 허망한 일을 벌인 걸까.

결국엔 이런 공장에서, 쉬는 날도 없이, 종일 나쁜 화학 약품들에 노출되면서 일하게 될 아이를 도운 걸까. 왜 젊은 날의 그 귀한 힘과 정성, 마음과 시간을 함부로 나눠 준 걸까. 발밑에 커다란 매미 두 마리가 몸을 뒤집고 죽어 있다. 근처에 작은 날벌레들도 수북하다. 커다란 거리 등 바로 아래다.

도대체 어쩌자고 그랬을까.

나는 허리를 숙여 말라 죽은 그것들을 수풀 쪽으로 밀어 준다. 손끝으로 한 움큼 잡으면 바스러지며 형체를 잃는다. 나는 쪼그리고 앉았다가 결국 두 다리를 펴고 주저앉는다. 뙤약볕에 달궈진 길바닥이 뜨겁다. 한동안 그렇게 앉아 있다. 멀리 보이는 풍경이 축축하게 부풀어 오르고 꺼지고 다시금 부풀어 오른다.

*

날이 저물 무렵이 되어서야 거의 기진맥진한 상태로 귀가한다. 입에서는 단내가 나고 발바닥에서부터 올라온 열이 몸을 타고 기어오른다. 대문 앞에 섰을 때 교수 부인이 누가 직접 재배한 사과를 주문했는데 나눠 가지지 않겠느냐고 전화를 걸어온다. 요즘엔 왜 새벽 기도에 나오지 않느냐고 채근하는 문자도 있다. 나는 그 모든 연락에 성의 있는 답변을 한 다음에야 가방을 뒤진다. 간신히 열쇠를 찾아 쥐었을 때 문이 열린다.

오셨어요.

그 애다.

그린은 아직 안 왔어요. 늦는대요.

현관 계단에 꼬마 둘이 앉아 있다. 2층집 애들이다. 책가방을 깔고 앉은 남자애에 비해 여자애는 체구가 작고 훨씬 더 어려 보인다. 애들은 바닥에 놓인 것을 가리키며 키득거릴 뿐 내 쪽은 쳐다보지도 않는다.

뭘 하니, 여기서?

내가 묻자 작은 애가 고개를 반짝 들고 소곤거린다.

새알이야. 내가 만들었어.

그런 다음 입을 크게 벌리고 그대로 삼키려고 한다. 나는 그 애의 조그마한 주먹을 감싸 쥐고 고개를 젓는다. 익히지 않은 밀가루를 먹으면 탈이 날 게 뻔하다. 어린애들의 몸은 아주 작은 문제에도 요란하게 반응하니까. 일주일 내내 설사를 하고 울고 떼를 쓰며 밤새 엄마를 잠 못 들게 할지도 모른다. 내 딸이 그랬던 것처럼 말이다. 아직은 여린 이파리처럼 연약하고 보드라운 몸. 그러나 힘차고 뜨거운 피가 곧 이 애들을 무럭무럭 자라나게 할 것이다. 나는 찰랑이는 아이의 머리칼과 속이 들여다보일 정도로 말간 얼굴빛에 시선을 빼앗긴다.

구운 거라서 먹어도 돼요. 뜨거우니까 후후 불어서 먹어봐. 안에 꿀이 있다.

그 애의 말이 끝나기 무섭게 남자애가 얼른 하나를 집어 먹는다.

꿀이 있어? 진짜야?

여자 애가 새알 하나를 요리조리 살펴보며 묻는다. 남자애는 나와 그 애를 올려다보며 부끄러운 듯 고개만 끄덕이고 만다.

엄마 어디 갔니?

아이들을 피해 계단을 오르면서 내가 묻는다. 남자애가 우물쭈물하는 사이 여자애가 말한다.

우리 엄마 일하러 갔어. 버스에!

버스에? 무슨 버스?

내가 묻고 여자애가 카랑카랑한 목소리를 낸다.

버스 운전. 붕붕. 나 타 봤어. 이만한 버스!

야, 아니거든. 봉고차거든. 버스가 아니고.

나는 잠시 저 애들의 엄마가 보내는 길고 고단한 하루에 대해 생각해 본다. 그러나 그 정도를 감당하지 않는 사람이 어디 있을까. 티격태격하는 애들을 두고 집 안으로 들어온다.

둘이 집에도 못 들어가고 골목 앞에 앉아 있더라고요. 그래서 들어와 있으라고 했어요. 누구라도 오면 올려 보낼게요. 구운 새알 좀 드셔 보시겠어요?

그 애가 뒤따라오며 말한다. 고소하고 달콤한 냄새가 집 안 가득하다. 나는 고개를 젓는다. 허기를 느낄 기운조차 없다. 나는 손을 씻고 겨우 물 한 잔을 가져와 소파에 앉는다. 허리를 펴고 꼿꼿하게 앉아 보려 하지만 이내 구부정한 자세가 된다. 허리에서 삐걱거리며 쇳소리가 나는 것 같다. 바깥에서 웃음이 터진다. 간지러움을 태울 때 나는 소리. 깃털처럼 높이 날아오르는 소리. 집이라면 마땅히 품고 있어야 하는 어린아이들의 소리.

여기 와서 좀 앉아 봐요.

나는 물을 마시고 말을 고를 새도 없이 입을 연다. 딸애에
관한 이야기다. 더 정확히는 딸애의 몸에 남아 있는 알 수 없
는 상처와 폭력의 흔적이다.

그런에게 직접 물어보시는 게 어떨까요. 제가 할 이야기는
아닌 것 같아요.

그 애는 단호하다. 일부러 고집을 피우고 밉살스럽게 굴고
있는 것 같다. 나는 이런 이야기를 한다. 적어도 이렇게 한 집
에 있는 동안엔 내가 정말 노력하고 있다는 사실, 너무나 많
은 것들을 감당하고 있다는 사실. 그러니 너도 이 끔찍한 동
거 생활에 최소한의 노력을 보여야 공평하지 않느냐는 이야기
다. 그 애의 시선이 바닥의 한 지점에 오래 머무른다. 그리고
어떻게 말해야 할지 알 수 없다는 표정으로 입을 연다.

지난해 가을에 강사 몇 명이 대학에서 잘렸대요. 보통은
계약이 그냥 갱신되는데 이번엔 아무 예고도 없이 갑자기 그
렇게 됐다고 하더라고요.

나는 계속 이야기하라는 의미로 그 애와 눈을 맞춘다. 누
군가 또 심장을 힘껏 움켜쥐는 것 같다. 나는 입을 벌리고 심
호흡을 한다. 딸애는 또 무슨 일을 벌인 걸까. 성급하고 부주
의하게 또 무슨 후회할 일에 힘과 시간을 낭비하려는 것일까.
그 애의 말이 이어진다.

부당한 일이니까요. 힘을 보태야 한다고 생각하는 것 같아요. 지금은 아니지만 또 언제 내 일이 될지 모르고. 또 그 사람은 오래 알고 지낸 사람이기도 하고요. 그래서 다 같이 학교 측에 항의를 하고 있는 것 같아요. 사람들을 모으고 알리고 뭐 그런 일을 한다고 들었어요.

잠시 눈을 감았다가 뜬다. 집 안의 풍경이 희끄무레해졌다가 천천히 제 형체를 되찾는다. 힘이 빠지고 몽롱한 기운이 맴돈다.

지난해 가을이라니. 세상에. 그래서 그걸 하느라 보증금을 다 까먹은 거구나. 아무 상관도 없는 남의 일에, 그냥 모른 척하면 그만일 일에 또 참견하고 간섭하면서 일을 벌이는구나. 불이 붙은 것처럼 가슴 속이 뜨거워진다.

그만한 이유가 있으니 학교에서 그랬겠지. 아무 이유도 없이 그랬을 리 없잖아요.

나는 이런 말을 한다. 그리고 어떤 망설임도 없이 그 애의 입에서 이런 말이 튀어나온다.

이유 같은 건 없어요. 강의 자체를 문제 삼는 모양인데, 그냥 싫은 거겠죠. 동성애자니까. 쫓아내고 싶은 것 같아요. 그 사람들요. 잘렸다는 그 사람들 말이에요.

동성애자라니. 그 말은 내 허락도 구하지 않고 곧장 내 귓속으로 들이닥치고 머릿속을 관통한다. 이토록 폭력적이고 일

방적인 방식으로 들이닥치는 말들. 그 애가 무슨 말인가를 더 하기 전에 나는 서둘러, 간신히 그 말을 바로잡는다.

내 딸은 그런 사람이 아니에요.

그런을 이야기하는 게 아니고요. 이번에 잘렸다는 그 사람들요.

그 애는 난감한 얼굴로 손톱을 만지작거린다. 손등에 하얗게 각질이 일어나 있다. 불에 덴 것이 분명한 자국과 날카로운 것에 벤 흔적 같은 것. 나는 잠시 그런 것들에 시선을 빼앗긴다. 그러나 결국 참지 못하고 이렇게 말한다.

다시는 그렇게 말하지 마요.

그 애는 말이 없다. 한참 만에 더 하실 말이 있냐고 물은 다음 조용히 문을 열고 제 방으로 들어가 버린다.

며칠 동안 나는 퇴근하는 대신 요양원에서 밤을 보낸다. 젠의 상태가 나빠진 탓이다. 아니, 딸애의 문제를 받아들일 시간이 필요한 건지도 모른다. 젠의 얼굴에선 표정이라 할 만한 게 사라지고 없다. 단 며칠 만에 기운을 잃고 활기를 잃고 그게 뭐든 조금씩 잃을 준비를 하는 것 같다.

그때 고등학교에 다닐 때요. 친구 집에서 얹혀 살 때 있잖아요. 정말 악착같이 공부했어요. 우리 부모는 내가 공부하는 걸 마땅찮아했거든요. 근데 몰래 그런 생각을 했던 것 같아요. 나중에 미국에도 가고 일본에도 가야지. 멀리 가야지. 어르신처럼 말이에요.

나는 캄캄한 창 쪽을 내다보며 소곤거린다. 내 손을 잡은 젠이 눈을 깜빡인다. 까만 눈동자. 눈가의 살들이 탄력을 잃고 주름이 지면서 눈동자는 매일 조금씩 더 깊어지는 것 같다.

미국에서 공부하셨다고 했잖아요. 프랑스에서도요. 거긴 어때요? 좋아요?

나는 젠의 귓가에 대고 미국, 프랑스, 하다가 외국, 이라고 목소리를 높인다.

외국? 외국에 있었지.

젠의 합죽한 입가에 엷게 미소가 번진다.

거기서 뭘 했어요? 무슨 일을 했느냐고요.

응. 거기서? 일을 했지. 공부도 하고. 여기랑 같아. 지금은 잘 기억이 안 나. 너무 옛날이잖아.

힘드신 건 없었어요? 힘든 건 없었느냐고요. 혼자 외국에서 지내는 거요.

그때는 기운이 넘쳤어. 젊을 때잖아. 힘든 줄도 몰라. 재미로 했지.

젠이 내 손을 꼭 붙잡는 게 느껴진다. 나는 고개를 끄덕이며 응응, 한다. 그런 다음 다시 띠팟의 이야기를 꺼내 본다.

그런데 띠팟은 전혀 기억 안 나세요? 띠팟, 띠팟이요. 필리핀 사람. 외국 꼬마 애 있잖아요.

그게 누구야?

젠이 재미있다는 듯 소곤거린다. 나는 젠의 귓가에 대고 기억을 찾는 데에 도움이 될 만한 이야기를 조금 더 해 본다. 그러나 나 역시 띠팟에 관해선 아는 게 별로 없다.

어르신이 키운 거나 다름없으시잖아요. 매달 돈을 보내셨잖아요. 기억 안 나세요?

아니야. 나는 아이가 없어. 근데 애들이 있어? 몇이나 있어?

젠이 묻는다.

저요? 딸 하나예요.

딸이 있어? 좋지, 좋아. 곱겠어. 엄마 닮아서. 엄마가 고와. 곱다고.

잠시 침묵이 깃든다. 괜한 말을 했다고 자책하는 동안 창 너머를 응시하던 젠의 눈동자가 천천히 내게로 되돌아온다.

오늘은 집에 안 가?

가야죠. 조금만 더 있다가.

애들이 있어?

딸 하나요.

아들 없고 딸 하나?

네. 딸 하나.

좋지, 좋아. 곱겠어. 엄마가 곱잖아.

똑같은 대화를 서너 번 더 한 다음에야 젠을 눕히고 이불을 덮어 준다. 한참 만에 젠의 숨소리가 고르게 번진다. 가끔씩 컥컥거리며 거친 숨소리가 들리면 살며시 몸을 일으키고 침대의 높낮이를 조절해 준다. 몇 달 전 병실을 나눠 쓰던 노인이 죽은 뒤로 이 병실엔 새로운 사람이 들어오지 않는다. 다른 병실보다 많은 비용을 부담해야 하는 탓이다.

공부를 너무 많이 시킨 것 같아요. 우리 딸요. 그 애는 실컷 공부했으면 했어요. 대학도 가고 대학원도 가고 그러면 교수도 되고 좋은 신랑감도 만나고 그럴 거라고 생각했어요. 그런데요. 우리 딸은 정말 바보예요. 도대체 무슨 생각을 하는지 모르겠어요. 요즘은 그 애를 생각하기만 해도 숨이 턱턱 막혀요. 내 잘못이겠죠? 뭔가 잘못한 게 분명해요. 내가요. 근데 정말 모르겠어요. 어디서부터 손을 대야 할지. 내가 그걸 할 수 있을지. 그래도 내가 엄마잖아요. 이 세상에 나 말고 누가 그런 일을 하려고 하겠어요.

잔잔하던 마음이 한쪽으로 기울어지고 일렁거리는 게 느껴진다. 나는 잠시 숨을 고른다. 까만 창 너머로 반짝거리며 뭔가가 떠오른다. 비행기다.

정말 속이 상해요. 그 애는 왜 평범하게 살려고 하지 않을까요. 왜 그런 노력조차 안 하는 걸까요. 나는 왜 그런 애를 낳았을까요. 그 애를 낳았을 때 얼마나 기뻤는지 몰라요. 보고 있으면 놀랍고 신기하고 잠든 그 애를 내려다보고 있으면 사랑이라는 말로밖에는 설명할 수 없는 감정이 차올랐어요.

나는 잠시 말을 그치고, 하고 싶은 말을 자르듯 어금니를 부딪으며 딱딱 소리를 내 본다. 어떤 말들은 도저히 소리가 되어 나오지 않는다. 쇠못처럼 단단히 박혀서 결코 뽑아낼 수 없을 것 같다. 내 딸은 하필이면 왜 여자를 좋아하는 걸까요. 다른 부모들은 평생 생각할 이유도, 필요도 없는 그런 문제를 던져 주고 어디 이걸 한번 넘어서 보라는 식으로 날 다그치고 닦달하는 걸까요. 왜 저를 낳아 준 나를 이토록 슬프게 만드는 걸까요. 내 딸은 왜 이토록 가혹한 걸까요. 내 배로 낳은 자식을 나는 왜 부끄러워하는 걸까요. 나는 그 애의 엄마라는 걸 부끄러워하는 내가 싫어요. 그 애는 왜 나로 하여금 그 애를 부정하게 하고 나조차 부정하게 하고 내가 살아온 시간 모두를 부정하게 만드는 걸까요.

겨우 잠이 들 무렵 전화가 걸려온다. 수화기 너머로 딸애의 달뜬 목소리가 흘러나온다.

엄마. 어디야? 응? 오늘 병원에서 잔다고 했다며? 레인이 그러던데? 거기 불편하잖아. 괜찮아?

마치 아무 일도 없었다는 투다. 한데 뒤엉킨 사람들의 목소리 뒤로 희미하게 음악 소리가 들린다.

지금 몇 시야, 너 어디니?

나는 살며시 병실을 빠져나와 비상계단이 있는 쪽으로 간다.

어디긴 집이지. 지금? 야, 지금 몇 시야? 뭐, 진짜? 버스 끊겼겠다. 어떡해? 자고 가, 그럼. 괜찮아. 자고 가.

딸애는 곁에 있는 누군가와 대화를 나누는 데 정신이 팔려 있다가 한참 만에 수화기로 돌아온다.

집이라며? 누구니? 누굴 데려왔어?

가슴이 쿵쾅거리며 요동치기 시작한다. 도대체 또 누굴 데려온 걸까. 밤이면 쥐죽은 듯 조용한 그 동네에서 이 애들은 또 무슨 소란을 일으키려는 걸까. 누가 보게 되지나 않을까. 수상한 목격담이 한 집을 지나고 또 한 집을 지나며 부풀려지고 왜곡되어서 동네를 비밀스럽게 휘젓고 다니지는 않을까. 그 말들이 결국 내 귓속으로 쳐들어오지 않을까.

아, 그냥 친구들. 뭐 좀 챙겨 가야 해서 잠깐 들른 거였는데 늦어졌네.

아무튼 엄마, 병원 불편하잖아. 거기서 어떻게 자? 근데 여기 사람들 자고 가도 돼? 어차피 새벽에 나갈 거야. 진짜 시간이 이렇게 된 줄도 몰랐네.

나는 계단 한쪽에 쪼그리고 앉는다. 충고를 해야 할까. 당부를 해야 할까. 타박을 해야 할까. 아무 말도 하지 않는 게 좋을까. 나는 아침 일찍 잠깐 들르겠다고 말한 뒤 전화를 끊는다. 그런 후에는 날이 훤히 밝을 때까지 잠들지 못하고 내내 뒤척거린다.

집 앞 골목에 들어섰을 때 환하게 날이 밝아온다. 문득 앞집 남자가 불쑥 튀어나올 것 같다. 그럴 이유도, 필요도 없는데 조마조마한 마음은 대문이 열리고 나서야 겨우 진정된다. 탕. 철제 대문 열리는 소리가 놀랄 만큼 크다. 현관문이 반쯤 열려 있다. 창문도 활짝 열린 채다. 문단속도 하지 않고 자는 걸까. 이 애들은 왜 이렇게 부주의할까.

엄마야?

현관 앞을 가득 메운 신발들을 내려다볼 때에 딸애가 달려 나온다. 뭘 물어보기도 전에 주방 쪽에서 한 무리의 사람들이 따라 나온다. 매콤하고 고소한 음식 냄새가 뒤따라온다. 여자 셋, 남자 둘. 그리고 그 애. 순식간에 거실이 꽉 찬다.

안녕하세요. 이렇게 불쑥 찾아와서 죄송합니다. 저희가 어제 너무 경황이 없어서요.

두꺼운 안경을 낀 여자가 인사를 하고 나자 곁에 선 사람들이 한마디씩 거든다. 이른 아침인데도 사람들은 모두 바지를 무릎까지 걷어붙인 채 얼굴이 발갛게 상기되어 있다. 거실 한가운데 기다란 천 조각과 나무판자, 알록달록한 색지와 프린트물이 널브러져 있다.

괜찮아요. 편하게들 있어요.

방으로 들어가려는 나를 사람들이 주방으로 이끈다. 결국 네 개뿐인 의자 중 하나를 차지하고 앉는다. 부드러운 계란찜과 삶은 감자, 토마토와 브로콜리를 볶은 요리. 오이와 양상추로 만든 샐러드, 바삭하게 구운 식빵. 한쪽엔 고추를 잔뜩 넣어 끓인 라면도 있다. 별다른 허기가 느껴지지 않는데도 나는 그 애가 만들었을 게 분명한 음식들을 맛본다.

맛이 괜찮죠? 먹을 땐 모르는데 돌아서면 계속 생각나더라고요.

맞은편에 앉은 남자가 식빵을 베어 물며 말한다.

레인 일하는 데 안 가 보셨죠? 거기 어디랬지? 아무튼 요즘 되게 뜨는 식당이에요. 외국인들도 많이 오고.

안경을 쓴 여자가 거든다. 나는 잠자코 사람들의 대화를 듣는다. 그러면서 그 사람들에게 딸애와 그 애가 어떤 사람일지 짐작해 본다. 딸애와 그 애가 만나는 이 사람들이 어떤 부류의 사람들일지도 생각해 본다. 식탁 곁에 서서 기다란 오이를 씹는 딸애는 말이 없다. 미간을 찌푸린 채 뭔가 골똘히 생각하는 표정. 입 모양으로 그 애와 소곤거리며 대화를 나누는 모습. 목덜미에 아직 붉게 상처 자국이 남아 있다. 도대체 저 애는 뭘 하고 다니는 걸까.

아, 전 연구소에 있습니다. 여기는 기자. 이분은 상근 간사고요. 이 사람은 초등학교 선생님이에요.

놀랍게도 그들 중엔 결혼한 사람들도 있다. 직장도 있고 가족도 있는 사람들. 그들은 뭐가 아쉬워서 자신과 아무 상관도 없는 이런 일에 관심을 갖는 걸까. 이 일이 자신과 무슨 연관이 있다고 생각하는 걸까. 나는 발가벗겨진 기분이다. 그래서 어떤 표정으로, 무슨 말을 어떻게 해야 하는지 알 수가 없다. 오래전처럼 딸애의 친구들 대하듯 편하게 대할 수가 없다.

다들 자기 일하기도 바쁠 텐데요.

내 말의 숨은 의미를 사람들은 알아차리지 못한다. 자기네들끼리 칭찬인지 변명인지 모를 이야기들을 하다가 하나둘 자리를 뜬다. 마지막까지 남은 건 그 애다.

음식이 좀 남았는데 싸 드릴까요?

그 애가 빈 접시를 개수대 쪽으로 가져가며 묻는다. 난 고개를 젓는다. 황급히 집을 나와 한참 걷고 난 다음에야 다시금 집을 떠올려 본다. 높낮이와 톤이 다른 여러 사람들의 목소리가 집 안 구석구석 쌓여 있던 적막을 털어 내고 활기를 불러일으키는 모습. 웅크리고 있던 집이 기지개를 켜고 비로소 집다운 집이 되는 모습. 그러니까 내가 느낀 건 바로 그런 게 아닐까. 무시로 사람들이 드나들고 북적이는 것. 때때로 그랬으면 하고 내가 바라는 것.

그러나 그 사람들은 지금, 다만 이 순간에만 서로 좋은 친구들이고 동료들일 뿐이다. 언제든 돌아서면 그만일 사람들에 불과하다. 지금 내 집에 필요한 건 언제든 가 버릴 수 있는 사람들이 아니라 가족이다. 딸애를 지켜 줄 수 있는 건 그뿐

이다. 도대체 이런 너무도 분명하고 명백한 것들을 딸애에게
어떻게 말해야 할까.

*

오전이 되자 병실이 술렁인다. 한 달에 두 번 있는 목욕날
이다. 얼마 전 보호사 하나가 혼자 노인을 부축하다가 바닥에
고꾸라진 일이 있었다. 그 노인은 무릎과 팔꿈치가 깨져서 완
전히 못쓰게 되었다. 자식들이 찾아와 한바탕 난리를 피우는
동안 간호사들은 일일이 병실을 돌며 보호사들을 입단속 시
켰다. 결국 그날 저녁 그 환자의 담당 보호사를 해고하는 것
으로 일은 마무리되었다.

옆 병실엔 젊은 새댁 혼자다. 노인 넷에 보호사 하나. 내가
젠 하나를 돌보는 것에 비하면 노동의 강도가 지나치다. 나는
복도를 서성이며 교수 부인을 찾다가 포기하고 새댁에게 도
움을 구한다.

그분은 혼자 옮겨도 충분하지 않으세요?

새댁은 늙은 남자의 바지를 벗기고 기저귀를 갈아 주는 중
이다. 성기에 비닐을 씌우고 고무줄로 고정한 다음 반쪽짜리
기저귀를 덧대는 일. 저렇게까지 해야 하나 싶지만 나는 말없

이 고개만 돌린다. 저 젊은 새댁만을 비난할 수는 없기 때문이다. 못마땅해하는 새댁을 구슬려 병실로 돌아왔을 때 침대는 비어 있다. 나는 바닥에 널브러진 환자복 상의와 시트를 주운 다음 젠의 이름을 부른다. 병실에도, 복도에도 젠의 모습은 보이지 않는다.

그러게 손이라도 묶어 두시지 않고요. 찾으시면 부르세요.

젊은 새댁이 돌아가고 한참 만에 나는 1층 세탁실에서 젠을 찾아낸다. 젠은 기다란 창 곁에 붙어 바깥을 내다보는 중이다.

여기 계셨네. 찾았잖아요. 왜 여기 계세요?

젠이 나를 보며 슬금슬금 뒷걸음질 친다. 젠의 손에 뭔가가 들려 있다. 식판을 실은 카트가 복도를 지나며 요란한 소리를 낸다. 나는 손을 뻗고 한 걸음 또 한 걸음 다가간다.

목욕하셔야죠. 자, 얼른 가요.

마침내 젠의 손을 찾아 쥐었을 때, 한 발이 미끄러지며 고꾸라질 뻔한다. 통이 넓은 젠의 바지가 축축해지며 바닥이 흥건해지는 중이다. 나는 젠이 쥐고 있던 뭔가를 빼앗다시피 한다. 그것은 반쪽짜리 재활용 기저귀다. 이미 창 아래와 선반은 기저귀에서 묻어 나온 대소변으로 얼룩덜룩하다.

발가벗겨진 젠이 세면기 옆 손잡이를 잡고 간신히 선다. 묽은 변이 젠의 엉덩이에서 허벅지를 타고 종아리로 흘러내린다. 처음 있는 일이 아닌데도 나는 끔찍한 일이라고, 정말 끔찍한 일이라고 중얼거리며 이를 꽉 문다.

조금만 참으세요. 빨리 할게.

나는 샤워기로 젠의 몸에 물을 뿌린다.

싫어. 싫다고.

탄력을 잃고 흐물흐물해진 살들이 앙상한 뼈에 겨우 매달려 있다. 덜렁거리는 살들을 치대며 비누칠을 한다. 젠의 다리가 덜덜 떨린다. 거품이 묻은 손으로 사타구니를 꼼꼼히 매만지고 시커먼 욕창 주변에 일어난 죽은 살들을 떼어 낸다.

어쩌자고 이 여자는 이렇게 오래 살아 있는 걸까.

이런 순간 삶이라는 게 얼마나 혹독한지 비로소 알 것 같다. 하나의 산을 넘으면 또 하나의 산이 나타나고 또 다음 산이 나타나고. 어떤 기대감에 산을 넘고 마침내는 체념하면서 산을 넘고. 그럼에도 삶은 결코 너그러워지는 법이 없다. 관용이나 아량을 기대할 수 없는 상대. 그러니까 결국은 지게 될 싸움. 져야만 끝이 나는 싸움.

젠이 휘청거리며 중심을 잃는다. 순간적으로 나는 젠을 안아 든다. 바람이 빠진 풍선처럼 쭈글쭈글한 젠의 몸은 생각보다 무겁다. 그건 뼈와 단백질, 지방과 수분이 아니고 켜켜이 쌓인 어떤 시간과 기억의 무게일지도 모른다. 여전히 뜨겁고 붉은 피가 돌고 있다는 증거일지도 모른다. 그런 식으로 나는 젠을 여전히 사람이라고 생각하려고 애쓴다.

힘을 줘 봐요. 힘을. 다리에 힘을 주라니까.

젠은 내 목을 더 힘껏 끌어안는다. 도대체 어디서 이런 악력이 나오는지 모를 정도다. 숨이 막힌다. 반사적으로 내가 젠의 손길을 떼어 내려고 할 때 젠이 내 목덜미를 힘껏 물어 버린다.

아, 아, 아파. 나 아프다고요.

내가 소리를 지를수록 젠의 저항은 거세진다. 급기야 두 손으로 내 머리칼을 쥐고 매달리다시피 한다. 젠의 거칠고 더운 숨소리가 내 귓속으로 달려든다. 샤워기가 제멋대로 요동치며 사방으로 물을 뿌려 댄다. 이러다가 죽겠구나. 정말이지 이대로 죽어 버릴지도 모르겠구나 생각한 순간 문이 열리고 누군가 나타난다.

아이고. 이게 다 무슨 일이야.

식당에서 일하는 조리사다. 하얀 위생복을 입은 그 여자는 제자리에서 발을 동동 구르다가 간호사를 부르며 복도 끝으로 멀어진다.

*

나는 젊은 사람들로 붐비는 거리 한가운데 서 있다. 한여름의 열기가 보도블록을 다 녹여 버릴 기세로 달아오른다. 더위 속에서 빌딩들이 춤을 추듯 일렁이고 눈앞이 흐릿해진다.

자, 이제 어디로 가야 하지?

스스로에게 물으면 굼뜨고 느린 나에게선 대답이 나오지 않는다. 결국 누군가를 멈춰 세우고 도움을 요청할 수밖에 없다. 이건 도로 끝에 서서 손을 흔들며 잡히지 않는 택시를 잡는 것과 비슷하다. 아니. 더 어려운 일일지도 모른다. 다행히 노란 운동화를 신은 여자애 하나가 부채질을 하며 굴다리 쪽을 가리킨다.

어둡고 서늘한 굴다리를 빠져나오자 비로소 학교 정문이 보인다. 사람의 진을 빼게 하는 한여름의 습하고 뜨거운 날씨. 땀을 닦을 때마다 손바닥이 끈끈한 피부에 쩍쩍 달라붙는다. 결국 정문이 내다보이는 간이 가게 옆에 무너지듯 주저앉는다.

서명하고 가세요. 서명합시다.

건너편 정문 앞에 간이 테이블을 펼치고 목소리를 높이는 사람들이 보인다. 테이블 뒤편에 허술하게 세워진 천막도 있다. 눈을 찌르는 햇살 탓에 현수막에 적힌 글자들이 제대로 읽히지 않는다.

시원한 물 한 병 드릴까요?

나이 든 여자 하나가 가게 밖으로 고개를 빼고 묻는다. 아무엇도 사지 않을 거면 자리를 차지하지 말라는 뜻이겠지. 나는 고개를 끄덕이고 천 원짜리 하나를 내민다. 반쯤 얼어 있는 물이다. 나는 한 모금, 두 모금, 물을 머금고 있다가 천천히 삼킨다. 관광객으로 보이는 한 무리의 사람들이 둥그렇게 모여 서서 서로를 부르고 사진을 찍으며 소란을 피우다가 길을 건너간다. 시야를 가린 그들이 가고 나자 다시금 전단지를 나눠 주며 목소리를 키우는 사람들이 보인다.

덥지도 않은 모양이에요. 이 땡볕에 종일 저러고 서 있는 게.

낮고 좁은 문을 나온 주인 여자가 중얼거린다.

하기야 요즘엔 어디나 저런 사람들 천지잖아요. 얼마 전엔 구청에 갔더니 그 앞도 난리더라고요. 다들 무슨 불평, 불만이 그렇게 많은지. 우는소리 하면 다 들어줄 거라고 생각하는 것도 문제예요. 다들 감사하게 생각할 줄은 모르고.

주인 여자가 부채로 벤치 바닥을 탁탁 내려치고는 곁에 앉는다. 한차례 폭우 같은 매미 소리가 지나간다. 우웅 하는 기계음이 시작되는가 싶더니 쇠판을 긁는 듯 끔찍한 이명이 몇 차례 이어진다. 소음이 끊어지자 마음속에 현기증 같은 고요가 차오른다.

그래도 다들 살기 팍팍한데 이렇게 가게가 있어서 얼마나 든든하고 좋아요.

나는 간신히 그렇게 화제를 돌릴 수 있다. 여전히 길 건너편에 시선을 둔 채다. 시내버스들이 꼬리에 꼬리를 물고 기다란 열차처럼 지난다.

종일 여기 콧구멍 같은 곳에 앉아 있어 봐야 돈 안 돼요. 근처에 편의점도 너무 많이 생기고. 퀵 기사들이 담배 몇 갑 사 가는 게 다예요. 그래도 더 못한 사람들을 생각하면 고마운 일이죠. 그렇게 생각해야죠.

시는 오래도록 무허가 좌판을 벌이던 소수의 사람들에게 허가를 내 주었다. 벌써 몇 해 전의 일이다. 덕분에 가게를 가지게 된 사람들. 한 평 남짓의 작은 구멍가게. 그럼에도 매매가가 1억이나 2억을 호가한다는 이야기를 들은 적이 있다. 여자의 이야기는 이어진다. 시간을 거슬러 과거 쪽으로만 나아가는 이야기들. 여자 자신에게만 의미 있는 이야기들.

왜 우리 때만 해도 안 그랬잖아요. 안 되면 안 되는 줄 알고 되면 고마워하고 그럴 줄 알았잖아요. 법 없이도 살았죠. 근데 요즘 사람들은 떼쓰고 억지 부릴 줄만 알아요. 저 아까운 시간을 저렇게 길에 다 내버리고 있다고요.

나는 고개를 끄덕이며 여자가 서운해하지 않을 정도의 반응을 보이고 공감을 보태려고 노력한다.

근데 저 사람들이 지금 뭐라는 거예요?

한참 만에 내가 묻는다. 다행히도 여자는 내 심드렁한 목소리에 숨겨진 복잡한 감정을 눈치채지 못한다.

몰라요. 가타부타 말도 없이 학교가 강사를 잘랐다는데. 요즘은 다들 먹고살기 힘들잖아요. 아니, 학교라고 이 사람 저 사람 다 거둬 먹일 수 있나, 안 그래요? 저거 있기 전에도 몇 사람이 비슷한 걸 했었는데. 그땐 학교 안에 경찰도 들어가고 난리도 아니었어요. 아유, 세상이 어떻게 되려고 이러는지. 허구한 날 저러고 있으니 이젠 별로 궁금하지도 않네요.

나는 한참 만에 이런 말을 한다.

그래도 말 한마디 없이 사람을 자르면 되나요.

그렇다고 허구한 날 저렇게 시끄럽게 떠드는 건 아니죠. 상대방 생각은 하지도 않고 자기 사정만 알아 달라고 하면 어째요.

나는 건성으로 고개를 끄덕이며 계속 그곳에 앉아 있다. 물은 어느새 미지근해지고 나는 이대로 이 길 위에 녹아 버릴 것 같다.

모른 척하지 마시고요! 힘을 보태 주세요!

딸애와 닮은, 어쩌면 딸애일지도 모르는 누군가가 두 손을 흔들며 사람들을 모으는 게 보인다. 노을이 깔린다. 지치고 서글픈 빛깔이 교문 너머에까지 가닿는다. 이렇게 좋은 시절이 다 가 버렸다는 것을 나는 깨닫는다. 내가 서 있는 자리, 내가 머무는 시간, 그리고 내가 보게 되는 것들. 이런 것들을 통해 이제 다시 올 수 없는, 너무나 좋았던 순간들을 떠올릴 수 있다.

엄마가 세상의 전부라고 알던 아이. 내 말을 스펀지처럼 빨아들이며 성장한 아이. 아니다, 하면 아니라고 이해하고 옳다, 하면 옳은 것으로 받아들이던 아이. 잘못했다고 말하고 금세 내가 원하는 자리로 되돌아오던 아이. 이제 아이는 나를 앞지르고 저만큼 가 버렸다. 이제는 회초리를 들고 아무리 엄한 얼굴을 해 봐도 소용이 없다. 딸애의 세계는 나로부터 너무 멀다. 딸애는 다시는 내 품으로 돌아오지 않을 것이다.

어쩌면 내 잘못인지도 모르지.

그런 의심은 끝내 떨쳐지지 않는다. 그것은 이내 죄책감으로 바뀐다. 나는 빛깔과 무늬를 달리하며 스스로 떠오르고 저무는 감정을 바라보느라 말을 잃는다. 딸애에게 걸었던 기대와 욕심, 가능성과 희망. 그런 것들은 버리고 또 버려도 또다시 남아서 나를 괴롭힌다. 내가 얼마나 앙상해지고 공허해져야 그것들은 마침내 나를 놓아줄까.

몸을 일으킨다. 버스가 멈춰 설 때마다 한 무리의 학생들이 올라타고 내린다. 길을 건너가야 할지, 왔던 길을 되짚어가야 할지, 버스를 타야 할지 결정하지 못한 채 나는 횡단보도 앞에 서 있다. 초록불이 켜지고 사람들이 오가고 다시 빨간불이 되고. 속도를 높인 차들이 길어진 내 그림자를 밟고 지나간다. 버스 정류장 쪽으로 걸음을 옮길 때에 바닥에 떨어진 전단지 몇 장을 재빨리 주워 가방 속에 넣는다. 그러나 하

루가 지나고 또 하루가 지나도록 작게 접어 가방 안에 넣어
두기만 한다.

*

아, 입을 벌리셔요. 크게. 아, 아!

교수 부인이 칫솔을 움직여 남자 노인의 양치를 도와주고
있다. 그러나 남자 노인은 번번이 거품을 그대로 삼켜 버린다.

아니, 뱉으라니까. 참 말귀를 못 알아먹네. 뱉으라고. 퉤퉤,
이렇게, 뱉어야지!

급기야 교수 부인은 노인의 머리를 한 손으로 눌러 억지로
고개를 숙이게 만든다. 노인이 숨 가쁜 기침을 토해 낸다. 나
는 할 말을 매만지고 있다가 어렵게 입을 연다. 소독용 거즈
와 기저귀를 좀 나눠 줄 수 없겠느냐는 이야기다. 교수 부인
은 내 손을 잡고 병실 한쪽 구석으로 잡아끈다.

아직 2주나 남았는데 다 쓴 거야? 그 많은 걸?

나는 교수 부인의 손을 힘껏 잡았다가 놓는다. 그런 식으
로 하고 싶은 말을 겨우 참아 낸다. 언제나 부족하고 날마다
더 부족하게 지급되는 그 물품들을 어떻게 하면 충분하다고
여길 수 있는지, 나도 모르는 바가 아니니까. 그래도 그렇게

할 수는 없다.

아낀다고 아껴도 이러니 어째. 여유 되면 좀 나눠 줘.

교수 부인은 내 말을 믿지 않는 눈치다. 나는 젠의 엉덩이에 총에 맞은 듯 시커멓게 구멍이 뚫렸다고 말하지 않는다. 그것이 매일 조금씩 커지고 커져서 마침내 젠의 육체를 모두 집어삼킬 거라고도 말하지 않는다. 무엇을 말하든 교수 부인은 자신과 무관한 이야기라고 여길 게 뻔하다. 아직은 자신으로부터 아주 먼 일이라고, 그래서 남의 일이라고 여길 게 분명하다. 이 여자는 왜 이토록 어리석은 것일까. 왜 무엇이든 너무나 분명하게 눈앞에 형체를 드러내고 난 후에 보려고 하는 걸까. 내 딸이나 그 애처럼 말이다.

기저귀 세 개와 소독용 거즈 반 통을 받아 온 다음 젠의 엉덩이에서 흥건하게 젖은 기저귀를 떼어 낸다. 병실 안에 지린내와 악취가 떠오른다. 흐무러진 살을 젖히고 사타구니와 항문 근처를 닦아 낸다. 욕창은 더 커져 있다. 나는 창문을 열고 돌아와 한동안 젠의 바지를 내린 채로 그대로 둔다.

아프세요? 가려우세요?

침대 난간을 잡고 돌아누운 젠은 아무런 반응이 없다. 살이 썩으면서 감각이 죽고 있는 탓이겠지. 병실 바깥에서 한바탕 소란이 인다. 치매가 심한 노인 하나가 고향에 가겠다고 고집을 부리는 모양이다. 간호사와 보호사들이 막아서고 언성을 높인다. 승강이하는 소리가 이어지다가 구슬픈 노랫소리가 흘러들어 온다. 평생 전국을 떠돌며 각설이패에서 노래를 불렀다는 노인이 틀림없다. 작은 체구지만 힘이 넘치는 사람. 지나가는 아무에게나 붙임성 있게 화장을 해 달라고 조르고 화장이 끝나면 언제든 큰 소리로 노래를 불러 주는 사람. 그럴 때 노인은 무력하게 죽음을 기다리는 환자가 아니고 추억이 있고 재능이 있고 아직 뭔가를 할 수 있는 사람이 된다.

잘해. 노래를 잘해. 누가 부르는 거야?

젠이 소곤거리며 내 쪽을 향해 돌아눕는다. 몇 시간 전 화장실에서 있었던 소란은 또 까맣게 잊어버린 얼굴이다. 구겨진 전단지를 내려다보던 나와 눈이 마주친다. 순식간에 바보처럼 훌쩍거리고 있었다는 걸 들키고 만다. 젠은 아무 말도 하지 않는다. 다만 손을 뻗어 머리맡에 둔 가제 수건을 건네준다.

협박하듯 자식 앞에 농약을 내놓으며 같이 죽어 버리자고 말하는 부모들이 있다. 실제로 자식을 먼저 죽이고 따라 죽는 부모들도 있다. 오죽하면 그랬을까. 그런 말을 하려는 건 아니다. 다만 그 순간 그들 내부를 채운 감정들을 짐작해 보고 있다. 그런 것들이 가능하도록, 한 사람을 밀어붙이는 감당할 수 없는 기분에 대해 생각해 보고 있다.

엄마, 그냥 부당하니까 부당하다고 말하는 것뿐이야. 잘못된 걸 잘못됐다고 이야기하는 게 왜 나빠? 그게 나쁜 거야?

왜? 그게 왜 나쁜데?

자정 무렵 귀가한 딸애의 입에서 단내가 난다. 나는 테이블 위에 놓인 전단지를 내려다보고 있다. 접어 두었던 가운데 부분이 반쯤 찢어져 있다. 쏟아지는 빗소리가 세차다. 창문을 닫아 놓은 탓에 집 안 공기는 무겁고 축축하다. 나는 최대한 목소리를 낮춰 말한다.

그 땡볕에 서서 얼굴 팔고 이름 팔면서 잘했다고 떠드는 게 좋은 모양이구나. 끼리끼리 비슷한 사람들이랑 모여서 애들이나 할 짓을 하고 다니는 게 잘하는 일이니?

거기 왔었어? 언제?

딸애가 놀란 얼굴을 한다. 귀밑에서 목덜미 부근까지 불그스름한 상처 자국이 남아 있다. 딸깍하는 소리가 난다. 저쪽 방에 있는 그 애가 서둘러 문을 닫는 것이겠지. 불이 켜진 듯 머릿속이 번쩍번쩍한다.

난 널 키운다고 직장이고 뭐고 다 버렸다. 남의 손에 맡기는 게 불안해서 하나씩 하나씩 포기하다가 결국 다 버렸어. 내가 널 어떻게 키운 줄 아니? 네가 전부인 줄 알고 살았어. 세상에. 그런데 어떻게 넌 사사건건 날 이렇게 실망스럽게 하고 슬프게 만들 수 있니, 그러려고 작정한 게 아니고서야 어쩌면 이럴 수가 있어?

그래. 알아, 안다고. 엄마가 날 어떻게 키웠는지 너무 잘 안다고. 그래서 이렇게 열심히 살잖아. 내가 어떻게 이보다 더 열심히 살 수 있어?

열심히 산다니.

숨이 막힌다. 나는 크게 심호흡을 하고 겨우 말을 잇는다.

어딜 가나 문제를 일으키고 늘 불평이나 하고 매사 다른 사람 탓을 하는 게 열심히 사는 거니? 제발 다른 사람들이 어떻게 사는지 한번 봐라. 아무도 너처럼 사는 사람은 없어. 아무리 제멋에 사는 시대라지만 이게 말이 되니? 이런 말을 하면 넌 엄마와는 말이 안 통한다면서 날 뒷방 늙은이 취급이나 하지. 근데 그런 게 아니야. 너야말로 언제까지 젊은 줄 아니? 무슨 잘못을 해도 그걸 바로잡을 시간이 항상 넘쳐나는 줄 알아?

딸애의 얼굴이 일그러진다.

사람들이 안 된다고 하는 데엔 다 그만한 이유가 있는 법이다. 그런데도 그게 잘못됐다고 떠드는 이유가 뭐니? 그런 일을 왜 네가 해야 해? 잘못된 일이면 자연스럽게 바로잡히는 법이야. 왜 아무 상관도 없는 다른 사람들 일에 앞장서고 진을 빼느냐고. 어느 날은 직업도 없고 어디서 뭘 하던 애인지도 모르는 애를 데려오질 않나, 어디서 싸움질을 하고 오지 않나, 강의는커녕 교문 앞에 거지꼴을 하고 서서 시간을 허비하고, 도대체 왜 네가 이렇게 귀한 인생을 낭비하는지 모르겠다.

꼭 그런 식으로 말해야 해?

나는 딸애의 말을 자르고 끼어든다.

도대체 왜 그런 일을 하고 있어. 그래, 어릴 때부터 너는 나서는 걸 좋아했잖아. 남들이 못하는 거, 어려워하는 거, 그런 걸 하려고 했지. 그때마다 잘했다고 칭찬해 주는 게 아닌데. 그때 널 혼내고 매를 들었어야 했는데. 봐라. 이건 그런 일이 아니야. 한두 살 먹은 어린애도 아니고. 좋은 소리를 듣겠다고 이런 무모한 일을 벌이는 사람이 어디 있니.

내가 좋아서 이 일을 하는 것처럼 보여?

지금도 안 늦었어. 적당한 사람과 결혼해라. 애도 낳고. 젊었을 땐 누구나 한 번씩 실수를 하잖니. 지금이라도 바로잡으면 그뿐이야. 나는 네 엄마야. 내가 아니면 누가 너에게 이런 말을 해. 네가 어떻게 살든 남들은 아무 관심도 없고 상관도 안 한다.

아무 관계도 없는 수많은 기억들이 들썩거리며 깨어나는 게 느껴진다. 나는 주의를 돌리기 위해 욱신거리는 무릎을 만지작거리고 어깨를 두드려 본다. 그러나 결국 젠의 모습이 또렷해진다. 거칠고 가쁜 숨소리가 들리고 지린내와 역한 냄새가 따라온다.

난 네 엄마야. 젊은 날은 정말 잠깐이다. 어느 날 돌아보면 마흔이 되고 쉰이 되고 금방 늙어 버려. 그때도 너 이렇게 혼자 있을 거니?

그런 식으로 나는 젠의 이름을 말하지 않고 젠의 이야기를 한다. 좁고 갑갑한 고독 속에서 늙어 가는 사람. 젊은 날을 타인과 사회, 그런 거창한 것들에 낭비하고 이젠 모든 걸 소진한 다음 삶이 저물어 가는 것을 혼자 바라봐야 하는 딱하고 가련한 사람.

내 딸이 그와 똑같은 처지에 놓인다는 상상만으로도 숨이 멎을 것 같다.

엄마, 이건 남의 일이 아니고 내 일이야. 언제든 내 일이 될 수 있는 일이라고. 그리고 지금 내가 혼자인 것도 아니잖아.

딸애와 나 사이엔 보이지 않는 두껍고 거대한 벽이 서 있는 게 틀림없다. 그래서 이쪽에 선 내가 아무리 소리를 질러도 딸애에겐 들리지 않는 거겠지. 오래전 막 대학에 입학한 딸과 이런 식으로 말다툼을 벌였던 적이 있다. 어느 날 느닷없이 아프리카 어딘가로 봉사 활동을 하러 가겠다고 선언한 직후다. 딸애가 공무원이나 교사가 되었으면 하는 내 기대에 금이 간 게, 그날이 처음이 아니었는데도 나는 무섭게 딸애를 몰아세웠다. 하필이면 그런 위험한 곳에, 하필이면 지금, 하필이면 내 딸이. 그런 말을 한 기억이 난다. 결국 딸이 떠나던 날 아침에 얼마간의 돈을 쥐어 주며, 돌아와서는 열심히 시험 준비를 하라고 타이르던 기억도 난다. 딸애는 여름방학이 끝날 무렵 돌아왔고 이듬해 봄에 집을 나갔다. 그런 식으로 나는 상상하지도 않은, 내가 허락하지도 않은 독립을 한 것이다.

딸애가 나가 버린 날. 남편과 마주 앉은 식탁에서 밥 두 공기를 모두 먹어 치웠다. 그런 후엔 구토를 하고 끔찍한 복통을 견디며 밤을 보냈다. 몸으로 오는 마음의 상태. 딸애가 죽어 버렸다고 여기면 상실감이, 딸애가 어딘가 여전히 살아 있다고 생각하면 배신감이, 때로는 그게 무슨 감정인지 알아차리기도 전에 어떤 마음들이, 생각들이 내 몸 여기저기를 쾅쾅 때리고 지나갔다.

혼자가 아니라니. 넌 혼자야. 네가 뭐가 있니? 남편이 있니, 자식이 있니? 친구나 동료는 다 떠나 버리고 말아. 공부도 많이 한 애가 왜 이렇게 철없는 소리만 골라서 하고 있어.

더운 공기가 목구멍을 막아 버린다. 마른기침이 터진다.

왜 남편이나 자식만 가족이 되는 건데? 엄마, 레인은 내 가족이야. 친구가 아니고. 지난 7년 동안 우리는 정말 가족처럼 지냈어. 가족이 뭔데? 힘이 되고 곁에 있고 그런 거 아냐? 왜 이건 가족이고 저건 가족이 아닌데? 그 사람들이 한 건 고작 그런 질문을 던진 것뿐이야. 수업 시간에 겨우 그런 말을 한 것뿐이라고. 그런데 학교가 그 사람들을 내쫓았어. 한마디 말도 없이 파리 쫓듯 내쫓았다고!

딸애의 하얀 목덜미에 푸르게 핏줄이 선다. 딸의 내부에 불이 켜지고 서서히 시동이 걸리는 것 같다. 이런 대화를 밤새 나누면 우리가 어떤 접점에 이르게 될까. 나도 동의하고 딸애도 동의하는 어떤 합의점을 찾을 수 있을까. 그럴 수만 있다면 나는 언제까지라도 할 수 있을 것 같다. 그럴 수만 있다면 포기하지 않을 각오가 되어 있다.

엄마, 레인은 내 친구가 아니라고. 나한테는 남편이고 아내고 자식이라고. 그냥 내 가족이라고.

남편이고 아내고 자식이라니. 너희들이 뭘 할 수 있니? 결혼을 할 수 있니? 새끼를 낳을 수 있니? 너희가 하는 건 그냥 소꿉장난 같은 거야. 서른이 넘어서까지 소꿉장난을 하는 사람들은 없다.

빗줄기가 얇은 유리창을 두드리고 지나간다.

그냥 있는 그대로 그러려니 봐 주면 안 되는 거야? 내가 뭐 세세하게 다 이해를 해 달라는 것도 아니잖아. 세상엔 다양한 사람들이 있다며? 각자 살아가는 방식이 다르다며? 다른 게 나쁜 건 아니라며? 그거 다 엄마가 한 말 아냐? 그런 말이 왜 나한테는 항상 예외인 건데!

넌 내 딸이잖아. 넌 내 자식이잖니.

난 그만 포기하고 싶어진다. 그럴 수만 있다면. 딸애의 삶을 내 삶으로부터 멀리 던져 버리고. 딸애의 삶이 보이지 않을 만큼 멀리 떨어져서. 아무 상관 없는 사람에게 하는 것처럼 지지와 격려, 응원 같은 좋은 말을 할 수 있을 것 같다.

엄마. 우린 소꿉장난을 하는 게 아냐. 그런 게 아니라고.

그래. 그럼 소꿉장난이 아니라는 걸 어디 한번 말해 봐라. 너희가 가족이 될 수 있어? 어떻게 될 수 있어? 너희가 혼인 신고를 할 수 있어? 자식을 낳을 수 있어?

엄마 같은 사람들이 못 하게 막고 있다고는 생각 안 해?

가족이 그렇게 쉽게 되는 줄 아니? 그게 그렇게 쉽게 만들 어지는 줄 아니? 어쩔 수 없이 해야 하는 의무나 책임이나 그 런 걸 너희가 알아?

엄마. 레인이랑 나도 그 정도는 알아. 우리를 어떻게 지켜야 하는지 우리도 너무나 잘 안다고. 그러려고 노력하고 있잖아.

왜 이렇게 소용없는 데 목을 매고 있어. 제발 정신 좀 차려 라. 도대체 내가 어떻게 해야겠니? 무릎이라도 꿇고 빌까? 제 발 뭘 어떻게 해야 할지 좀 알려 다오.

딸애를 되돌려 놓을 수만 있다면. 나는 무엇이든 하고 싶 다. 그게 무엇이든 할 수 있을 것 같다. 그러나 내가 할 수 있 는 건 아무것도 없다. 아무것도 바꿔 놓을 수 없다.

엄마, 여기 봐. 이걸 보라고. 이 말들이 바로 나야. 성 소수 자, 동성애자, 레즈비언. 여기 이 말들이 바로 나라고. 이게 그 냥 나야. 사람들이 이런 식으로 나를 부른다고. 그래서 가족 이고 일이고 뭐고 아무것도 못 하게 만들어 버린다고. 이게 내 잘못이야? 내 잘못이냐고.

기어코 딸애는 전단지를 가리키며 결코 내가 듣고 싶어 하지 않는 말을 한다. 어떤 말들은 곧장 내 안으로 들어와 바닥으로 가라앉는다. 그것들은 육중하고 거대한 방파제처럼 차곡차곡 쌓이고 그때부턴 꿈쩍도 하지 않는다. 끝내 소화되지 않는 말들. 소화할 수 없는 말들. 내가 절대 잊을 수 없는 말들.

나는 궁지에 몰린 짐승처럼 반사적으로 눈을 감아 버린다.

*

밤새 비가 내린다.

사나운 바람이 창문을 두드리며 위협하다가 한꺼번에 골목을 빠져나가고 환하고 기다란 실금이 번쩍하고 켜진다. 누군가 방문을 열고 나오는 소리. 주방과 화장실을 들락거리는 소리. 나는 누워서 그 소리를 다 듣는다. 나를 향해 쏟아지는 소리들. 모두가 나를 비난할 것이다. 비웃을 것이다. 엄하게 꾸짖고 벌을 줄지도 모른다. 도대체 이런 일을 누구와 상의해야 할까. 남편이 살아 있었다면 천장을 보고 나란히 누워 대화를 나누고 현명하고 합리적인 판단을 내릴 수 있었을까. 아니다. 마음이 여렸던 남편은 딸애를 죽여 버렸을지도 모른다. 애초에 낳지 않았던 것처럼. 차라리 처음부터 없었던 것처럼 여기는 쪽을 택했을 것이다.

날이 개고 다시금 아침이 온다. 딸애는 이미 나가고 없다. 나는 세탁기가 있는 다용도실 귀퉁이에서 쓸 만한 천 조각들을 고른다. 오래전 남편을 간호할 때에 쓰던 것들이다. 어떤 것들은 손이 닿지 않는 높은 선반 위에 있다. 아주 추웠던 어느 날, 남편이 선반을 조립하고 못질을 하고 벽에 걸던 장면이 생생하게 남아 있다.

도와드릴까요?

그 애다. 내가 대답도 하지 않았는데 식탁 의자를 가져온 그 애는 아슬아슬하게 의자를 디디고 올라선다. 이리저리 쌓아놓은 김치통과 뭘 담아 놨는지 모를 상자들이 하나씩 차례로 내려진다. 그러는 동안에도 나는 문간에 꼼짝 않고 서 있다.

수건만 꺼내면 돼요? 다른 건요?

그 애가 선반 안쪽으로 손을 집어넣고 나와 눈을 맞춘다. 나는 어수선한 다용도실 내부를 이리저리 훑어보다가 결국 벼르고 별렀던 말을 한다. 순서도 질서도 없이 뒤죽박죽 나오는 말들. 나는 성난 말들이 제멋대로 흘러나오는 것을 내버려 둔다. 말들이 증오와 원망, 미움 같은 감정 속에서 활활 타오르는 것을 내버려 둔다. 그 애는 여전히 의자에 서서 수건을 꺼내고 김치통과 상자 같은 것들을 다시금 제자리로 올리는

데 몰두한다. 이 순간. 의자를 쓰러뜨리고 그 애를 무력으로, 완력으로 내 집에서 쫓아내고 싶다. 두 손으로 그 애의 머리채를 잡고 얼굴을 짓이기고 그래서 다시는 내 딸과 이 집 근처에 얼씬도 못 하게 만들고 싶다. 아니다. 나는 이 애를 죽이고 싶다. 내게 끝없는 괴로움과 슬픔과 불행을 가져다주는 이애를 영원히 사라지게 하고 싶다.

그 애를 향해 내뱉은 말들은 종일 내 뒤를 따라다닌다. 집을 나와 버스를 타고 병원 앞에 도착하는 순간에도 어떤 말들이 끊임없이 부메랑처럼 되돌아오는 것 같다. 내 심장은 무언가에 맞은 듯, 부딪힌 듯 내내 덜덜 떨린다.

어머, 이게 뭐예요?

그날 저녁 세탁실에 있던 나를 찾아낸 건 당직 간호사다. 간호사는 세탁기 안을 열어 보며 호들갑을 떤다. 우연인 척하지만 교수 부인이나 누군가가 부주의하게 입을 놀린 게 틀림없다.

허드레 수건이에요. 내가 집에서 가져왔어요. 기저귀가 모자라서요.

간호사는 새침한 얼굴로 나를 돌아본다.

무슨 말씀이신지 알겠는데 이러시면 안 돼요. 여기서 이렇게 개인 세탁을 하시는 건 안 된다고요. 물도 물이고 세제도 들고. 다른 어르신들이랑 형평성 문제도 있고요.

나는 젠의 엉덩이에 욕창이 생겼다고 말한다. 상한 과일처럼 온통 짓무르고 주먹 하나를 밀어 넣을 정도로 크다고 말한다. 그래서 도저히 기저귀를 재사용할 수 없다는 말도 한다. 간호사는 세탁기를 정지하고 물을 뺀 다음 조그마한 창을 반쯤 연다. 그런 다음 분명히 선을 긋는다.

무슨 말씀이신지 알겠는데요. 개인적으로 세탁실 사용하시는 건 금지예요. 여기 계신 분들 중에 욕창 하나 없는 분들이 없고 또 다른 보호사분들이 보면 안 좋아하세요.

좋고 말고 할 게 뭐가 있느냐고 따지고 싶은 마음을 간신히 억누르며 나는 세탁이 덜 된 수건들을 안고 병실로 돌아온다. 어둠 속에서 눈을 굴리고 있던 젠이 알은체를 한다.

엄마, 밖에 비 와? 추워?

젠은 이제 나를 엄마라고 부른다. 태어나서 최초로 만난 사람. 엄마 한 사람만이 온전히 남은 거겠지. 나는 세제를 머금고 미끈거리는 수건을 창가에 널며 고개를 젓는다.

지금 여름이잖아. 안 추워요. 비도 안 오고요. 더워요. 땀이 난다고요.

짜증이 솟구친다.

엄마, 이리 와 봐. 이거 봐. 이리 와 보라니까.

나는 신경질적으로 수건을 탁탁 털어 널며 침묵을 지킨다. 젠이 몸을 움직이며 침대 밖으로 나오려고 한다. 나는 다가가

서 강제로 주저앉힌다. 그걸 이기려고 젠이 안간힘을 쓴다. 버둥거리는 팔다리가 제멋대로 움직이는 수수깡 같다. 그 위에 피어난 크고 선명한 검버섯들. 그것들은 어떤 예고처럼, 낙인처럼, 젠을 뒤덮는 중이다.

앉아 계시라니까요. 좀 앉아 있어요. 제발.

나는 참지 못하고 밀치듯이 젠을 눕혀 버린다. 젠이 내 팔을 잡고 버틴다. 아무런 악력도 의지도 느껴지지 않는다. 젠이 무슨 말인가를 중얼거린다. 애원인지 욕설인지 모를 말이 멈추고 격격 숨소리가 제멋대로 요동치기 시작한다. 얼굴이 달아오르고 눈동자가 부풀어 오르는 게 보인다. 서둘러 젠을 일으켜 안고 등을 두드린다.

그러게. 가만히 계시라고 했잖아요. 가만히 계시라고. 왜 이렇게 사람을 못 살게 해. 나도 좀 쉬어야지. 나도 힘들어 죽겠어요. 죽을 것 같다고요. 왜 나를 이렇게 힘들게 해. 다들 작정한 것처럼.

젠의 숨소리가 차분해진다. 오히려 몸을 들썩거리며 우는 건 나다. 멈추려고 해 보지만 뜻대로 되지 않는다. 젠이 손바닥을 내 등에 가만히 갖다 댄다. 이제 기다리는 건 죽음뿐인 쇠약하고 늙은 여자에게 안겨 나는 아이처럼 운다.

미안해, 내가 미안해요. 어르신이 무슨 잘못이 있다고.

그렇게 말할 때 어쩌면 나는 젠이 아니라 아주 가까워진 젠의 죽음을 보고 있는지도 모른다. 그런 식으로 젠이 나보다 훨씬 불행하고 가엾다고 생각하고 싶은지도 모른다. 한참 만에 나는 눈물을 그치고 숨을 고른다. 전화 때문이다. 젠이 전화기를 집어 건네준다. 딸애의 전화다. 가슴이 쿵쾅거린다.

엄마.

복도에서 통화를 끝내고 돌아오자 젠이 오싹한 얼굴로 나를 부른다. 발목이 시큰거린다. 허리와 등이 아프다. 움직일 때마다 온몸의 뼈마디가 어긋나며 통증을 불러오는 것 같다. 아니, 딸애에게 내뱉은 말들이 되돌아와서 가슴을 할퀴고 따가운 생채기를 내며 내 안을 헤집고 다니는 탓인지도 모른다. 나는 침대 곁에 주저앉는다. 젠이 내 손을 끌어당겨 뭔가를 쥐여 준다. 내가 널어 두었던 수건 몇 장이다.

엄마, 밖에 뱀이 왔어. 뱀이 왔다고. 이걸로 쫓아 버려.

어둠 속에서 젠의 두 눈이 빛난다. 또다시 정신이 나가 버린 거겠지. 나는 다만 수건을 받아 들고 창가로 다가가 휘이 휘이, 소리를 내며 수건을 다시 넌다.

거기 있지? 뱀이 있지?

젠이 다시금 몸을 일으켜 이쪽으로 다가오려고 한다. 나는 엄한 목소리로 뱀이 있다고, 너무 많다고, 겁을 준다. 참담함이 정수리를 타고 온몸으로 흘러내린다. 이걸 뭐라고 불러야 할까. 실은 이런 것들이 호시탐탐 삶을 노리고 있다는 사실이 놀랍기만 하다. 삶에서 결코 마주치고 싶지 않은 모습들이 이 골목을 빠져나가면, 저 모퉁이를 돌면 정확히 바로 그때에 짠, 하고 나타나는 것. 언제 어디서나 득시글거린다는 것. 왜 아무도 이런 것들을 미리 말해 주지 않는 걸까.

꺼져라. 멀리 꺼져 버려라. 훠이, 훠이.

나는 창문 밖으로 얼굴을 디밀고 목소리를 높여 본다. 이런 식으로 간단하고 간편하게 뭔가를 물리칠 수 있다면 좋을 것이다. 그럴 수 있다면 나는 누구에게든 좋은 사람이 될 수 있을 것이다. 뭔가와 맞서고 싫은 소리를 하고 매번 내 바닥이 어디인지 더듬어 확인하지 않아도 좋을 것이다. 나는 있지도 않은, 어쩌면 창 너머 어둠 속에서 우글거리고 있을지도 모를 뱀을 쫓으며 이를 악문다.

이튿날 아침 일찍 권 과장이 나를 부른다.

이제희 어르신 말입니다. 요즘 워낙 증세도 심해지고 하셔서요. 이제 다른 치매 환자분들이랑 같이 계시는 게 더 나을 것 같습니다. 4층 병실로 옮기려고요. 이제 여사님도 좀 편하게 일하시는 게 좋고요. 나이가 있으시니까.

양복을 입은 남자 하나가 노크를 하고 얼굴을 들이민다.

병원을 좀 둘러보고 싶은데요. 괜찮습니까?

그럼요. 잠시만요.

새로 들어온 환자 가족인 모양이다. 권 과장은 간호실장을 불러 안내를 부탁한 다음 문을 닫고 자리로 돌아온다. 나는 치매가 심할수록 익숙한 환경이 훨씬 더 도움이 된다는 이야기를 한다. 자격증을 따기 위해 고작 몇 주 수업을 들은 게 전부지만 나도 그 정도는 안다. 이 사람은 내가 다른 많은 보호사들처럼 이 일을 그저 시간이나 때우고 돈을 벌기 위해서 한다고 생각하는 걸까. 나는 절대로 그런 식으로 일을 해 본 적이 없다. 결혼 전 학교에서 아이들을 가르칠 때에도. 딸애를 낳고 교습소에서 일할 때에도. 도배를 하고 유치원 통학 버스를 몰고 보험 세일즈를 하고 구내식당에서 음식을 만들 때에도 나는 내가 하는 일이 무엇인지 잊은 적이 없다.

예, 압니다. 여사님 마음 제가 알지요. 근데 어르신 한 분 때문에 그 넓은 병실을 계속 놀리는 것도 손해 아닙니까. 사무장님 의견도 있고 적자도 워낙 심하고 해서 아무튼 조만간 리모델링을 할 겁니다. 겨울 오기 전에요.

4층 병동의 노인들이 어떤 대우를 받는지 모르는 사람은 없다. 그들은 국가의 보조금을 받는 사람들이고 모두 중증 치매 환자들이다. 환자들은 매일 필사적으로 그곳을 탈출하려고 하고(간호사들은 그것이 치매의 일반적인 증상이라고 말할지도 모른다.) 그것을 막기 위해 이중 삼중으로 자물쇠를 채운 그곳이 어떻게 아픈 사람을 치료하고 위로하는 병실일 수 있나.

나는 소파 끝에 걸터앉은 채로 무슨 말인가를 더 한다. 논

리적으로 생각한 말이라기보다는 그저 흘러나오는 말에 가깝다. 말을 하는 동안 나는 딸애를 생각하고 딸애가 한 말들을 생각하고 그 말을 하게 만든 그 애를 생각하고 해가 지면 오들오들 떨며 뱀이 나타났다고 소리치는 젠을 생각하고 이제 죽고 없는 남편을 생각한다. 두더지 게임처럼 생각은 여기저기서 자꾸만 튀어 오른다. 고무망치로 아무리 두드려도 사라지거나 없어지지 않는다. 이런 엄청난 기억들이 이 비좁은 몸 안에 차곡차곡 쌓여 있다는 사실. 이것들이 지금의 나를 만들었다는 사실. 그걸 확인해야 하는 이런 순간은 돌아오고 또 돌아오고 계속 온다.

여사님. 환자를 잘 돌보시는 건 좋은데요. 자꾸 그렇게 마음을 주시면 이 일 오래 하기 힘듭니다. 계속 하실 거 아닙니까? 근데 이렇게 마음이 약해서 어쩝니까. 그럼 보는 저희도 힘들어요. 오늘은 좀 일찍 퇴근하시죠. 요 며칠 병원에서 주무셨다면서요? 가서 좀 쉬세요. 맛있는 것도 좀 드시고요.

권 과장은 몸을 일으키고 문을 열어 준다. 그런 식으로 무슨 말인가를 더 하려는 나를 문밖으로 몰아내 버린다. 병실로 돌아오자 젠이 천진한 표정으로 요구르트를 먹는 중이다. 그 곁에 잠시 앉는다. 아무 소란도 사고도 없는 평화로운 오후. 그러나 눈을 감으면 뭔가가 와르르 밀려오는 기척이 생생하다. 나도 모르게 아주 작은 나뭇조각을 건드리고 그것이 쓰러지면서 다음, 그다음 서 있는 거대한 것들을 차례로 쓰러뜨리며 물결처럼 와르르, 와르르, 몰려오는 게 분명히 느껴진다.

*

며칠 만에 돌아온 집엔 아무도 없다. 착착. 초침이 지나가며 적막과 고요를 키운다. 쉬지도 않고 앞으로, 앞으로만 가는 저 시간이 또 무엇을 불러들이는 중일까. 무엇이 착착 가까워져 오고 있는 걸까. 나는 신발을 벗다가 현관 앞에 주저앉아 잠시 그대로 있다. 딸애와 그 애가 나가면 이 집은 그 애들이 오기 전으로 돌아갈 수 있을까. 아니다. 이제 그럴 수는 없게 되었다.

라디오를 켜고 집 안의 창을 활짝 연다. 종일 시뻘겋게 달 귀진 햇살이 거실 깊숙이 들어온다. 나는 욕실로 들어가 큰 대야에 물을 채운다. 세제를 넣어 거품을 내고 수세미를 적셔서 세면기를 닦는다. 변기를 닦고 욕실 바닥의 물때를 벗겨 낸다. 매운 냄새와 향긋한 향이 자욱하게 차오른다. 나는 딸애와 그 애의 방을 오가며 창틀에 이불을 널고 베갯잇과 수건을 한데 모아 삶기 시작한다. 가스레인지 주변의 얼룩을 벗겨 내고 싱크대의 손잡이를 닦고 식탁과 의자의 먼지를 훔쳐

낸다. 그 애의 방은 여전히 그대로다. 한쪽 벽에 쌓여 있는 책, 가로로 누운 트렁크, 서랍 위에 세워진 손가락만 한 인형들과 좁은 행거를 빼곡하게 채운 옷가지들. 이 집에서 나가 달라고 내가 사정하다시피 했던 걸 그 애는 잊은 걸까. 그런 말을 듣고도 왜 짐을 챙겨 나가지 않는 걸까. 그런 말을 듣고도 아무렇지 않은 걸까. 갈 곳이 없어서일까. 내일이나 모레쯤엔 어디로든 나가게 될까.

딸애는 전화를 걸어와 그 애에게 정말 그런 말을 했느냐고 물었다. 아무 감정도 느껴지지 않는 목소리. 딸애가 간신히 화를 참는 것인지, 화를 낼 만한 기운이 없는 탓인지 짐작하기 힘들었다. 수화기 너머로 누군가 소리를 치고 음악 소리가 지나가고 사람들의 박수 소리가 솟구쳤다. 적어도 딸애가 서 있는 곳이 도서관이나 강의실 같은 점잖은 장소는 아니라는 의미였다.

그렇게 마음대로 살 거면 나가서 살아라.

딸애에게 그 말을 몇 번이나 반복했는지 모르겠다. 수화기 너머에서 딸애는 아무 말이 없었다. 원망을 하고 비난을 하고 심지어 폭언이라 할 만한 말을 쏟아 낼 줄 알았던 딸애는 이제 입을 닫는 쪽으로 마음을 정한 건지도 모른다. 때로는 침묵이 훨씬 강력하고 무서운 무기가 될 수 있다는 것을 아는 거겠지. 청소를 끝내자 저녁이 온다. 활짝 열어 둔 창으로 이웃들의 별다를 것 없고 소소한 일상들이 흘러든다. 고소하고 매콤한 냄새, 겹쳐졌다가 갈라지는 목소리, 어떤 분위기와 기분 같은 것들이 창을 타고 부드럽게 건너다닌다. 그리고 대문이 열리는 소리. 살며시 대문을 닫는 소리. 그 애가 돌아온 모양이다.

계셨네요. 저녁 안 드셨죠? 샌드위치를 좀 만들어 왔는데 드셔 보세요.

옷을 갈아입고 나온 그 애는 손을 씻고 샌드위치를 잘라 온다. 얇은 빵 사이에 알록달록한 야채와 하얀 고기가 빈틈없이 끼워져 있다. 하는 수 없다는 듯 나는 주방으로 가 우유 두 잔을 가지고 나온다.

전 우유는 잘 못 먹어요. 먹으면 배가 아파서요.

우리 두 사람은 며칠 전 있었던 일을 까맣게 잊은 듯 마주 앉아 빵을 씹는다. 입안에서 사각거리며 양상추가 부서지고 마른 빵이 걸쭉해지는 소리가 이어진다. 그러나 그것들은 잘 삼켜지지 않는다. 시큼한 고추와 맵싸한 향신료 때문이다. 아니다. 그 애가 만들었기 때문일지도 모른다. 이렇게 너무나 불편하게 마주 앉아 있는 탓일지도 모른다. 나는 결국 남은 빵을 내려놓고 참았던 말을 한다.

어디 갈 곳 좀 알아봤어요?

그 애는 조용히 빵만 씹는다. 나는 딸애가 갚지도 못할 보증금을 빌려 간 건 잘못이라는 이야기를 꺼낸다. 그러나 나와는 상관이 없는 일이라는 것을 분명히 한다. 어디까지나 여긴 내 집이고 나는 너희 둘이 함께 지내는 걸 보기 힘들다는 말을 하기 위해서다.

아시겠지만 저는 넉 달치 월세를 미리 드렸어요. 생활비도 마찬가지고요. 그렇게 해 달라고 하셔서요.

그 애가 고개를 들고 잠시 나와 눈을 맞춘다. 그 애의 입 안에서 사각거리며 양상추 부서지는 소리가 들린다.

이렇게 갑자기 나가라고 하시면 저도 어떻게 해야 할지 잘 모르겠어요. 사실 그럴 형편도 안 되고요.

그 애는 먹던 빵을 내려놓고 가만히 입가를 닦는다. 그리고 우유 잔 표면에 서린 물방울들을 만지작거리며 말한다.

어떤 점이 힘드신지 말씀해 주시면 좋겠어요. 저는.

나는 우유 한 모금을 마신다. 비린내 탓에 구토가 치민다. 나는 우유를 컵 속에 그대로 뱉어 낸다. 어쩌면 그런 식으로 주의를 끌면서 어떻게든 이 대화의 주도권을 빼앗기려 하지 않는 건지도 모른다.

이봐요.

한참 만에 내가 말한다. 여긴 딸애와 아무 상관 없는 내 집이고 나는 결혼 적령기의 딸애가 연애도 하지 않고, 결혼 생각도 없는 게 속상하다고 이야기한다. 어떤 수위를 넘어 버린 말들이 금방이라도 터져 나올 것처럼 아슬아슬하다. 그러나 조심하거나 말을 고르려는 노력을 할 수 없다. 머뭇거리는 순간, 그 애의 입에서 듣고 싶어 하지 않는 말들이 흘러나오고 그것을 마침내 듣게 되는 것만은 피하고 싶어서다.

지금이라도 우리 딸이 적당한 사람 만나서 결혼했으면 좋겠어요. 내 딸보다 훨씬 못한 애들도 결혼해서 고생 없이 잘 사는데. 아이도 낳고 가정을 꾸리면서 재미나게 사는데. 그 애는 왜 그 덥고 더러운 길바닥에서 헛짓이나 하면서 시간을 허비하고 있는지. 그걸 보는 내 심정이 어떤 줄 알아요? 내 입장이 한번 돼 봐요. 부모라고 한번 생각해 봐요.

얼굴에 열이 오른다.

그린이 어떻게 살고 싶은지 잘 모르시는 것 같아요. 예전에 그린이 그런 말을 한 적이 있어요. 엄마는 자기 이야기를 들으려 하지 않는다고요. 한 번쯤은 그냥 들어 봐 주실 수 있는 거잖아요. 그린에게도 그린이 살고 싶은 삶이 있는 거잖아요.

도대체 내가 뭘 들어야 하느냐는 말이 목구멍까지 올라온다. 너희 둘이 내 집에 머무는 것을 목격하는 것만으로도 충분히 끔찍하다는 말이 튀어나올 것 같다. 어둔 밤에 너희 둘이 나란히 누워 있을 때 무엇을 하는지, 남편이 내게 혹은 내가 남편에게 주던 즐거움을 너희도 비슷하게 흉내 낼 수 있는지. 너희 부모가 너를 낳은 것처럼. 우리 부부가 딸애를 낳은 것처럼. 너희들도 서로를 정확히 반씩 닮은 자식을 가질 수 있는지. 결국은 내가 그런 발가벗겨진 말들을 입 밖으로 꺼내고 구석으로 몰아넣고 수치스럽게 만들어야만 저 애는 그만 입을 닫게 될까. 내가 하는 말에 수긍을 하며 고개를 끄덕이고 비로소 뭔가 잘못되었다고 용서를 빌게 될까.

이봐요. 내 딸은 그런 애가 아니에요. 내가 알아요. 우리 딸은 내가 잘 알아요.

부모님들은 그렇게 생각하시죠. 근데 저희는 서른이 넘었어요. 저희도 어린애가 아니라고요.

나는 손을 펼쳐 바람을 일으키다가 컵을 쓰러뜨리고 만다. 하얀 우유가 좌식 테이블 위를 적시고 바닥으로 흘러내린다.

그 애가 서둘러 몸을 일으킨다. 그 순간 나는 통제력을 완전히 잃는다.

내 말 아직 안 끝났잖아. 앉아, 앉아서 들으라고.

나는 그 애를 주저앉히고 말한다.

어디 내놔도 안 부끄러운 내 딸이 왜 직장에서 그런 취급을 당하고, 이젠 길바닥 위에서 손가락질 당하면서 하루를 보내야 하는지 그럼 네가 한번 설명해 봐라. 그렇게 똑똑하면, 우리 딸이 왜 그런 취급을 받아야 하는지 말해 보라고. 뭐가 힘이 드냐고? 어쩜 그런 말을 할 수 있지? 어쩌면 그런 바보 같은 질문을. 너희는 나를 얼마나 우습게 생각하는 거냐? 내가 나이가 들고 그래서 아무것도 모르고 무시해도 좋다고 생각하는 거니?

말은 순서도, 질서도 없이 막무가내로 튀어나온다. 그 애는 소리치는 나를 두고 주방으로 가서 행주를 가져온다. 그런 다음 차분히 쏟아진 우유를 닦으며 묻는다.

제가 그린을 불행하게 만든다고 생각하세요? 제가 개를 망친다고 생각하세요?

그럼. 당연히 그렇지. 네가 내 딸을 불행하게 만들고 있지. 너 때문에. 내 딸도 나도 너무 불행하지.

어금니를 힘껏 물어 보지만 눈가가 제멋대로 불뚝거린다. 그 애는 쓰러진 컵을 바로 세우고 말한다.

그린이 불행하지 않다면요? 누구나 각자 살고 싶은 삶이 있는 거잖아요.

살고 싶은 삶? 너희 부모님은 네가 이렇게 사는 거 아시니? 도대체 어떤 부모가 이런 상황을 받아들일 수가 있어. 삶이 어디 자기 한 사람 것인 줄 아니? 그런 삶은 없어.

저희 부모님도 처음엔 힘들어하셨어요. 특히 아버지가요. 저희 아버지는.

나는 손을 저으며 더 이상 들을 필요가 없는 이야기라고 선을 긋는다.

제 이야기를 좀 하고 싶어요. 괜찮으시다면요.

나는 단번에 고개를 젓는다. 그리고 거의 애원하다시피 말한다. 이제 그만 내 딸이 평범하고 정상적으로 살 수 있도록 도와 달라고 말이다. 떠나 달라고 말이다. 놓아 달라고 말이다. 하나뿐인 내 딸이 부디 이 세상 안에서 눈에 띄지 않고, 있는 듯 없는 듯 자연스럽고 평범하게 살아갈 수 있도록 말이다.

그린이 왜 거기 길 위에 서 있는지 한번 생각해 보셨으면 좋겠어요.

한참 만에 그 애는 단호한 목소리로 말한다. 그리고 딸애의 월세와 생활비를 감당하는 것은 자신이고 벌써 그렇게 한 지 2년이 넘었다고 말한다.

제가 아무 생각도, 확신도 없이 그렇게 했다고 생각하세요? 아무 상관도 없는 사람에게 이렇게 할 수 있다고 생각하세요? 돈을 버는 건 저한테도 고된 일이에요. 가끔씩은 저도 너무 힘들어서 죽고 싶고요. 이런데도 저한테 아무 자격이 없다고 생각하세요?

나는 그게 얼마든 갚아 주겠노라 말하고 싶다. 시간이 얼마나 오래 걸리든 꼭 돌려 주겠다고 말하고 싶다. 그러나 그 말은 끝내 말이 되어 나오지 않는다.

그 애가 묻는다.

제가 자식이었다면 저한테는 뭐라고 하셨을까요?

그 애는 또 묻는다.

저흰 7년이나 만났어요. 7년이 얼마나 긴 줄 아세요? 그런데도 왜 저와 그린이 아무 사이도 아니라고 생각하시는 건지 모르겠어요. 좀 너무하다고 생각하지 않으세요?

그런 다음에는 남은 빵이 담긴 접시와 컵 두 개를 치우고 방으로 들어가 버린다.

*

다음 날 이른 아침에 집을 나설 때 전화가 온다. 나를 병원에 파견한 업체의 담당자다. 20년 동안 대학 병원 수간호사로 일했다는 그 여자의 목소리는 사무적이지만 묘하게 상대를 주눅 들게 하는 데가 있다.

여사님. 제가 집도 가깝고 대우도 괜찮은 병원 소개해 드렸다는 거 아시죠?

나는 그렇다고 말하며 걸음을 빨리한다. 오늘 오전 중에 젠이 4층으로 옮겨지기 때문이다. 나는 권 과장을 더 설득해야 할지 젠에게 작별 인사를 해야 할지 결정하지 못한 채 마음만 바쁘다.

그걸 다 아시면서 왜 그러셨어요. 병원들 사정 뻔히 다 아시면서. 권 과장이 많이 언짢은 눈치예요.

골목을 다 빠져나왔을 때 마을버스가 막 출발하려는 게 보인다. 그 순간 몸이 한쪽으로 기울며 발목이 접질린다. 머리칼이 곤두설 만큼 날카로운 통증이 번쩍 켜진다. 그런 상황을 아는지 모르는지 수화기 너머에서 담당자는 계속 떠든다.

이제 가실 일만 남으신 분들인데 여사님이 뭐 어쩔 수 있나요. 마음이야 아프지만 그렇잖아요. 세상일이라는 게 별수 없잖아요.

세상일이라니. 자신과 무관한 일은 죄다 세상일이고 그래서 안 보이는 데로 치워 버리면 그만이라는 그 말이 맘에 들지 않는다. 저 여자는 언제 어디서나 저렇게 말하겠지. 제 자식들에게도 입버릇처럼 그렇게 말하겠지. 그러면 그 자식들이 그들의 자식들에게 또 그렇게 말하게 되겠지. 그런 식으로 세상일이라고 멀리 치워 버릴 수 있는 것들이 하나씩 둘씩 만들어지는 거겠지. 한두 사람으로는 절대 바꿀 수 없는 크고 단단하고 거대하고 무시무시한 뭔가가 만들어지는 거겠지.

그분은 중증 치매 환자도 아니잖아요. 굳이 병실을 안 옮겨도 된다고요. 겨우 그 한마디 한 걸 가지고 언짢고 말고 할 게 뭐가 있어요.

나는 남의 집 대문 앞에 주저앉아 발목을 주무르며 말한다. 복숭아뼈 근처가 둥그렇게 부풀어 오르는 게 느껴진다. 대문 안쪽에서 컹컹 소리가 나더니 몸집이 큰 개가 달려와 대문 틈을 노려보며 사납게 짖는다. 나는 서둘러 몸을 일으키고 절뚝거리며 걷는다. 그때마다 출렁거리며 금방이라도 뭔가가 쏟아질 것 같다. 노여움과 괘씸함. 서운함과 야속함. 억울함으로 뭉뚱그려진 감정 속에서 딸애와 그 애, 내 집의 유쾌하지 않은 풍경이 살아난다.

여사님. 권 과장이 당장이라도 싫다고 하면 저희도 어쩔 수 없어요. 또 그만한 데를 찾아 드리기가 어렵다고요. 아무 말 마시고 시키는 대로 하세요. 아셨죠?

사람들은 그게 무엇이든 예민하게 알아채고, 알게 된 것을 말하는 걸 못마땅하게 여긴다. 뭐든 모른 척하고 침묵하는 것이 예의라고 여겨지는 이 나라에서 나는 태어나고 자라고 이렇게 늙어 버렸다. 그러니까 왜 이제야 새삼스럽게 이런 걸 생각하고 있는 걸까. 이제껏 시키는 대로 아무 말 없이 잘 살아왔으면서 지금 겪는 이 일이 뭐 대단하다고 신경을 쓰는 걸까.

젠은 손과 발이 난간에 묶인 채 침대에 누워 있다. 이리저리 뒤채며 끙끙거리는 젠 곁에는 건장한 남자 하나가 서서 전화를 받는 중이다. 허리에 찬 무전기에서 기계음이 새어 나오고 응급차가 어디쯤을 지나고 있다는 보고가 들어온다. 그는 손을 들어 내가 다가오지 못하게 막아선다. 그런 다음 젠을 가리키며 이분은 곧 다른 시설로 옮겨질 거라고 말한다.

엄마야? 엄마 왔어? 나 이거 풀어 줘. 발에. 여기 아파. 아프다고.

젠이 몸을 거의 비틀다시피 하며 나를 본다. 나는 도대체 무슨 일이냐고 따져 묻는다. 남자는 대답 대신 병실 밖으로 나가 간호사를 부른다. 간호실장이 뛰어 오고 복도를 오가던 환자들과 보호사들이 걸음을 멈추고 관심을 보인다.

아니, 아무리 그래도 그렇지 이건 아니잖아요. 어젠 병실만 옮긴다더니 오늘은 아예 다른 병원으로 보낸다고 하고. 하룻 밤 만에. 아무리 제정신 아닌 노인이고. 가족 하나 없다지만 정말 이건 아니잖아요.

단 하루 만에 결정해서 갈 만한 시설은 뻔하다. 종일 수면 제나 먹이면서 죽음을 기다리는 데 남은 생을 죄다 소진시키는 곳이겠지. 내 목소리가 점점 커진다. 간호실장은 내 팔을 잡으며 소곤거린다. 여기서 이러시지 말라는 목소리에 귀찮고 불쾌한 기색이 역력하다.

권 과장 안에 있어요? 내가 말할게.

지금 안 계세요. 외근 나가셨어요.

간호사 하나가 더 온다. 그러는 사이 남자는 모여 선 사람들을 쫓는다. 겁을 먹은 노인들이 뒷걸음질 치고 보호사들이 그들을 다독여 병실로 되돌아간다.

아유, 왜 이래. 이리 와. 이리 좀 와 보라고.

한참 만에 복도로 나온 교수 부인이 나를 막아선다. 간호실장을 다독인 다음 비상계단 쪽으로 내 팔을 잡아끈다.

아니, 뭐 하루 이틀 일이야. 갑자기 왜 이래. 생전 안 하던 짓을 하고. 그 노인네가 가족이야, 뭐야. 뭐 나 몰래 유산이라도 상속받았어? 아무 상관도 없는 노인네 병원 옮기는 걸 가지고 왜 난리야.

발목에서부터 시작된 통증이 다리 전체로 퍼진다. 허리가 아프고 손가락 끝이 저릿하다. 나는 계단 한쪽에 주저앉아 제멋대로 불뚝거리는 눈가를 매만진다.

아니, 왜 그래. 왜 그러냐니까.

나는 고개를 젓는다. 손발이 묶인 채 어디로 보내질지도 모르고 누워 있는 저 여자가 왜 나로 여겨지는지 어떻게 설명해야 할까. 너무나도 분명한 그런 예감을 어떻게 말할 수 있을까. 기댈 데도 의지할 데도 없는 게 저 여자의 탓일까. 이런 생각을 하게 된 나는 이제 딸애에게 아무것도 기대할 수 없다고 단념해 버린 걸까. 어쩌면 나도, 딸애도 저 여자처럼 길고 긴 삶의 끝에 처박히다시피 하며 죽음을 기다리는 벌을 받게 될까. 어떻게든 그것만큼은 피하고 싶은 걸까.

마음은 왜 항상 까치발을 하고 두려움이 오는 쪽을 향해 서 있는 걸까.

내 나이대의 사람들 중에도 여전히 20~30대처럼 사는 사람들이 있다. 자신이 언제 물러날지 말지를 스스로 결정할 수 있는 사람들. 시간을 자기편으로 만들 수 있는 사람들. 그만한 자격을 갖춘 이들. 그러고 보면 나는 매사 너무 나이가 많은 사람처럼 굴고 있는지도 모른다. 늙었다는 생각에 사로잡혀서 할 수 있는 일과 할 수 없는 일을 엄격하게 구분하고 어떤 가능성들을 하나씩 베어 내면서 일상을 편편하고 밋밋하게 만드는 데에만 골몰하는지도 모른다. 무성하게 자라난 것들을 다 제거하고 마침내 평평해진 삶 너머로 죽음이 다가오는 모습을 주시하려고 애쓰는지도 모른다. 이제 다시 뭔가 시작하고 맞서고 싸우고 이길 만한 자신이 없는 사람이라는 것을 스스로에게 세뇌시키면서 무료하지만 안전하고 무력하지만 차분한 일상을 유지하고 싶은지도 모른다.

그래도 이건 아니잖아. 다 알잖아. 어쩜. 이럴 수는 없어.

그렇게 말하고 일어설 때에 순간적으로 한쪽 발목에 체중이 실린다. 난간을 쥐고 잠시 주저앉았다가 다시 조심스럽게 몸을 일으킨다.

지금은 저래도 저분이 얼마나 열심히 살았는지 생각을 좀 해 봐. 처음 여기로 올 때 얼마나 많은 사람들이 따라와서 잘 보살펴 달라는 인사를 하고. 정신이 말짱할 때는 자기한테도 얼마나 좋은 말을 많이 했어. 세상에. 그런데도 이제 와서 쓰레기통에 처넣듯이 보내 버리겠다니. 우리라고 뭐 다를 거 같아? 우린 영원히 저런 침대에 안 누워도 될 거 같아? 정말 그렇게 생각하는 거야? 정신 좀 차려. 정신을 좀 차리라고.

그 말을 하는 동안 나는 젠이 아니라 나를 생각하고 있는지도 모른다. 내가 아니라 딸애를 생각하고 있는지도 모른다. 그러니까 이건 세상의 일이 아니고 바로 내 일이다. 바로 코앞까지 다가온 나의 일이다. 이런 말이 내 안의 어딘가에 있었다는 게 놀랍다. 그런 말이 깊은 곳에 가라앉아 죽을 때까지 드러나지 않는 게 아니라, 마침내 내가 살아 있는 동안에 이렇게 말이 되어 나온다는 사실이 믿어지지 않는다.

*

창밖으로 해가 저문다.

나는 혀를 움직여 입안에 돋은 혓바늘에 대 본다. 그것들은 점점 더 커지기만 한다. 그래서 뭔가를 입에 넣고 삼키기가 어렵다. 종일 미지근한 물 몇 잔을 마신 게 전부다. 입을 열면 텅 빈 위장에서 허기진 구취가 올라온다. 눈앞에 있는 것들이 핑그르르 돌고 우웅 하는 현기증이 머릿속을 흔든다. 나는 시큰거리는 무릎을 탁탁 때리고 결리는 어깨를 주무르며 스스로에게 주의를 준다.

정신을 차려야지. 똑바로 정신을 차려야지.

어쩌면 나는 내가 저지른 일들을 후회하게 될까 봐 겁을 내고 있는지도 모른다. 권 과장에게 젠을 다른 시설로 옮기면 안 되는 이유를 조목조목 설명하고 그런 일이 발생할 경우 내가 무엇을, 어떻게 할 것인지에 대해 떠들던 순간. 사실 그 순간은 그리 길지도 않았다. 그러나 그 잠깐 동안 얼마나 많은 것을 각오하고 얼마나 큰 두려움을 마주해야 했는지 이곳 사람들은 생각해 보려고 하지 않는다. 그러므로 다들 약속이나 한 듯 모두 내게 어떤 비슷한 적의와 조소를 보일 수 있었던 거겠지.

예. 잘 압니다. 여사님 입장에선 충분히 그렇게 생각하실 수도 있는 부분이죠. 근데 저희 의도는 그런 게 아니에요. 치매 전문 병원으로 옮기면 지금보다 나은 치료를 받을 수 있는 거잖아요. 아무튼 알겠습니다. 일단 당분간은 저희가 모실 테니 이 이야긴 다음에 다시 하시죠.

의외로 순순히 수긍하는 척하던 권 과장은 도대체 무슨 꿍꿍이일까. 노련하고 능수능란한 그 남자는 무슨 계산을 하고 있는 걸까.

젠의 팔목에 묶인 자국이 남았다. 그러나 거뭇거뭇한 피부색과 늘어진 살, 얼룩덜룩한 검버섯 탓에 상처는 도드라져 보이지 않는다. 보이지 않는 것은 이것 말고도 더 많다. 나는 앙상한 젠의 팔을 이불 속으로 넣어 준다.

엄마. 내 돈 찾았어?

한참 만에 잠든 줄 알았던 젠이 눈을 깜빡이며 소곤거린다. 내가 대답을 하지 않자 점점 더 목소리를 키운다. 스위치가 내려지고 다시금 정신이 나가 버린 게 틀림없다. 이런 순간, 어차피 아무것도 모르는 이런 늙은 여자를 위한답시고 내가 한 짓들이 한심하고 부질없이 느껴진다. 나는 그런 생각을 쫓듯 한쪽 팔로 다른 쪽 어깨를 탁탁 두드리며 말한다.

응. 찾았어. 찾았다니까. 여기 서랍에 넣어 뒀어요.

그래? 어디서 찾았어?

젠이 목소리를 낮추고 소곤거린다.

왜 있잖아요. 그림 그리는 할아버지. 소리 지르는 할아버지.

그럴 줄 알았어. 야단 좀 치지 그랬어?

야단쳤지. 혼내 줬어요.

정말 찾았어? 어디 봐. 어디?

나는 선반 속에서 스카프로 둘둘 감싼 보따리를 꺼낸다. 표창장과 감사패, 신문지와 휴지, 깡통과 유리병 따위가 한데 뒤섞여 있다.

봐요. 내가 여기, 아무도 모르게 이 속에 넣어 뒀어요. 또 누가 가져갈지도 모르니까. 그래서 아무도 모르게 여기 넣었어.

젠은 흡족한 듯 고개를 끄덕이고 입을 오므려 수줍게 웃는다. 그러나 고개를 잠깐 다른 쪽으로 돌리고 나면 다시금 우리가 나눴던 대화를 까맣게 잊고 같은 질문을 반복할 게 틀림없다. 도대체 이 여자는 어쩌자고 소중한 젊은 날을 그런 식으로 낭비해 버린 걸까. 자신과 아무 상관도 없는 세상일에 시간과 열정과 돈을 다 쏟아부어 버린 걸까.

그날 밤 병원을 나설 때 그 애에게서 전화가 온다. 전화를 건 적도, 걸려 온 적도, 통화를 나눈 적도 없지만 오래전에 저장해 둔 그 애의 번호가 반짝거리며 화면 위에 떠오른다. 종일 데면데면하게 굴던 교수 부인은 기회를 잡은 듯 서둘러 인사를 하고 걸음을 빨리해 멀어져 버린다.

왜 안 받으세요?

묻는 건 젊은 새댁이다. 우물쭈물하는 사이 전화가 끊어져 버린다. 나는 어쩔 줄 모르는 얼굴로 휴대폰을 내려다보다가 이렇게 묻는다.

애가 몇이에요?

둘이에요. 딸 하나, 아들 하나요.

대답하는 새댁의 얼굴은 고된 노동으로 퉁퉁 부어 있다. 감지 못한 듯 머리칼은 기름지고 손에 든 가방 손잡이가 나달나달하다. 새댁은 생각난 듯 가방을 열어 조그마한 섬유 유연제를 꺼내 몸 구석구석에 뿌린다. 싸구려 방향제 냄새가 피어오르는가 싶다가 이내 사라져 버린다.

애들이 자꾸 냄새난다는 말을 해서요.

초등학생?

하나는 초등학생이고 하나는 아직 어린이집 다니고요.

응. 한창 손이 많이 갈 때네.

좁은 골목으로 차가 오갈 때마다 새댁과 나는 건물 쪽에 바짝 붙어 선다. 사람들이 아무렇게나 내버린 쓰레기들이 무시로 밟힌다. 나는 조마조마한 마음으로 휴대폰을 쥐고 있다.

근데 아까 낮엔 왜 그러셨어요?

골목을 다 빠져나올 때쯤 새댁이 묻는다. 내가 적당한 대답을 찾지 못한 사이 한마디를 더 보탠다.

근데요. 여사님. 전 속이 다 시원했어요. 아까 하신 말씀요. 그냥 그랬어요. 먹고살기 바빠서 잊어버리고 잊어버리고 그랬는데 사실 다 맞는 말이잖아요.

내가 젠에 대해, 젠이 지나온 특별하고 어른스러운 젊은 날에 대해 말하려고 할 때 새댁이 혼잣말처럼 중얼거린다.

저희 엄마도 요양원에 계세요. 다음 주에 가야지, 그다음 주에 가야지 생각하는데도 늘 시간이 나질 않아요. 이달에도 못 가면 넉 달째예요. 근데요. 자식이 오든 말든 돈 받은 만큼은 보살펴 줘야 하잖아요. 뭐 훌륭하게 살았든 말았든 돈값은 해야 할 거 아니에요. 왜 그런 것도 안 하려고 하는지 모르겠어요. 망할 새끼들.

새댁과 헤어지고 전화기를 내려다보는데 다시금 전화가 걸려 온다. 그리고 전화를 받자마자 그 애의 목소리가 튀어나온다.

어디세요? 지금 이쪽으로 오실 수 있으세요?

*

비가 내리기 시작한다.

빗줄기가 점점 굵어진다. 학교 정문 앞에 사람들이 모여 서
있다. 경찰이 있고 경찰이 아닌 사람들도 있다. 가까이 다가가
려 하지만 인파에 가려 정문도, 정문 앞을 막아선 사람들도
보이지 않는다. 저 멀리 마이크를 든 누군가가 무슨 말인가를
하고 있다. 말소리는 금방 주변의 소음에 지워져 버린다.

저기 어디쯤 딸애가 서 있었다. 뜨겁고 따가운 햇살 속에
서 딸애가 목소리를 키우던 곳. 홍보물을 나눠 주고 어떻게든
사람들의 이목을 끌기 위해 안간힘을 쓰던 곳. 어쩌면 학교로
부터 가장 먼 곳. 내가 단 한 번도 상상해 본 적 없는 딸애의
자리.

지금은 밤이어서 그 자리가 어디쯤이었는지 가늠하기 힘
들다. 아마도 저기 어디쯤이겠지. 그런 생각을 하며 조금씩 더
앞으로 나아가 보려고 한다. 단단한 어깨들을 밀치고 조그마
한 틈이라도 찾으려고 안간힘을 쓴다. 그러나 빼곡하게 붙어

선 사람들 중 누구도 내게 양보할 생각이 없어 보인다. 고개를 들 때마다 환한 불빛이 눈을 찌른다. 자동차의 헤드라이트 불빛인지, 경찰이 켜 놓은 서치라이트인지, 사람들이 세워 놓은 조명인지 알 수가 없다. 빛은 사람들이 쓴 투명한 우산과 우비에 반사되며 사방으로 퍼져 나간다. 나는 시린 눈가를 훔치며 중얼거린다.

이봐요. 좀 비켜 봐요. 조금만 비켜 줘요.

내 목소리는 거리의 소음과 사람들의 고성 사이로 흩어져 버린다.

자격 없는 문제 강사 해고하라.

누군가 외치자 나를 둘러싼 사람들이 해고하라, 해고하라, 따라 외친다. 다닥다닥 붙어 선 사람들이 허공에 주먹을 휘두르며 조금씩 더 앞으로 나아가려고 한다. 숨소리가 거칠고 험악해진다. 보이지 않지만 모두들 으르렁거린다는 걸 느낄 수 있다. 금방이라도 불이 붙고 그 뜨거운 열기가 사람들을 무섭게 몰아붙일 것 같다.

나는 어렵게 몸을 비틀어 가방 속에 손을 넣는다.

애, 도대체 어디니? 도대체 어디에 있는 거니?

전화기를 꺼내고 그 애에게 전화를 걸고 마침내 그 애의 목소리가 흘러나올 때, 커다란 장화가 내 발을 밟고 지나간다. 휘청하는 바람에 휴대폰이 바닥으로 떨어진다. 서둘러 몸을 굽히고 손을 뻗어 보지만 무수히 많은 장화들 사이로 휴대폰은 보이지 않게 된다.

신성한 대학에 동성애가 웬 말이야.

사나운 말들이 더 사나운 말들을 불러 모은다. 단단한 어깨와 굵고 강한 팔뚝이 위협하듯 무시로 내 몸을 건드리고 지나간다. 어느새 나는 우비를 입은 키 큰 사람들에 둘러싸여 있다.

그린이 조금 다쳤대요. 저도 지금 가는 길이긴 한데요. 혹시 몰라서요.

그 애가 그렇게 말했을 때 더 구체적으로 물었어야 했을까. 도대체 무슨 일이 어떻게 왜 일어났느냐고 소상히 알아냈어야 했을까. 희미한 사이렌 소리가 들리고 울긋불긋한 경광등 불빛이 나타난다. 사람들이 한꺼번에 뒤로 물러나면서 몇몇 사람들이 바닥으로 고꾸라진다. 나는 넘어진 사람들을 밟지 않으려고 신경을 잔뜩 곤두세운다. 그러면서도 어떻게든 휴대폰을 찾아보려고 필사적이 된다.

사람들이 맞은편을 향해 목청을 높인다. 기다렸다는 듯 욕설이 튀어나온다. 순서도 질서도 없는 말들은 공중에서 뒤섞이며 곧장 거대한 소음 덩어리가 된다. 아슬아슬하고 위협적인 감정들이 사람들을 둘러싼다. 다들 자신이 무슨 말을 하는지, 그게 무슨 의미인지, 어떤 감정 속에 서 있는지 알지 못

하는 것 같다. 캄캄한 분노에 휩쓸려 버린 것 같다.

도대체 어디에 서 있는지, 어디에 서 있어야 하는지 모르는 나도 예외가 아니다.

빗줄기가 내 정수리를 때리고 머리칼을 적시고 얼굴로, 목 덜미로, 어깨로 흘러내린다. 신발 안은 흥건해진 지 오래다. 나는 철퍽거리는 신발을 끌고 어떻게든 그곳을 벗어나려고 애쓴다. 그러나 사방은 막혀 있고 내 힘으로는 도저히 여기를 벗어날 수 없을 것 같다.

사람들이 한꺼번에 방향을 바꾸고 움직이기 시작한다. 함 성이 인다. 이어 교문 쪽에서 비명이 솟는다. 유리창 깨지는 소리가 나고 쾅쾅 뭔가 부서지는 소리가 솟구친다. 불빛이 이 리저리로 어지럽게 흔들린다. 나는 그만 그쯤에서 돌아가고 싶은 스스로를 붙잡으며 한 걸음 더, 반 걸음 더 내디뎌 본다. 빗줄기가 거세진다. 공중을 올려다보면 울긋불긋한 빛깔을 품은 물방울들이 자욱하다.

상상 속에서 보이지 않는, 보고 싶지 않은 장면들이 번쩍 거리며 지나간다. 거기에 딸애가 있다. 딸애는 웅크린 채 겁에 질려 있다. 사람들에 둘러싸여서 무엇이 튀어나올지 모르는 채로 위험천만하게 있다.

적의와 혐오, 멸시와 폭력, 분노와 무자비, 바로 그 한가운 데에 있다.

모두의 가장 어두운 곳에 웅크리고 있는 감정들. 바닥까지 내려가면 눈을 번뜩이며 숨어 있는 감정들. 지금 이 순간 눈부신 불빛들이 그런 숨죽인 감정들을 무차별로 깨우고 있는 것만 같다.

뒤쪽에서 사이렌 소리가 들린다. 사람들이 더디게 물러나고 응급차가 모습을 드러낸다. 나는 간신히 그 차의 꽁무니에 붙어 조금씩 앞으로 나아간다. 누군가를 부르는 목소리. 가늘고 높은 톤으로 여자애들이 울부짖는 소리가 선명해진다. 그러나 그 목소리들은 가까워지지 않는다. 어느새 나는 또다시 커다란 장화들 사이에 갇혀 버린다. 비켜라, 실어라, 닫아라, 하는 소리가 응급차가 정차한 곳에서 울렁거리며 넘어온다. 누가 다친 것일까. 응급차가 올 정도로 크게 다친 걸까. 딸애일까. 심장이 요동치기 시작한다. 더운 피가 목덜미를 타고 머리 쪽으로 기어오르는 것 같다. 몸은 오한으로 떨리는데 얼굴은 터져 버릴 것처럼 뜨겁다. 금방이라도 오줌이 터질 것만 같다. 나는 오줌이 마려운 개처럼 끙끙거리며 곁에 선 사람의 팔을 잡는다.

이봐요. 날 좀 도와줘요. 날 좀 저기로 데려다줘요.

내 이야기를 들어줄 것처럼 고개를 숙이던 사람들은 내 손을 뿌리치고 이리로 저리로 나를 피해 선다.

어르신. 여기 계시면 안 돼요. 저쪽으로 나가세요.

젊은 남자 하나가 내게 주의를 준다. 사이렌 소리 사이로 커다란 경적 소리가 끼어든다. 나는 반사적으로 그가 멘 가방의 손잡이를 쥔다.

이봐요. 여기서 좀 나가게 해 줘요. 저기로. 응급차가 있는 곳에 데려다줘요. 아니, 오줌이 마려워 죽겠어요. 화장실이 어딘지 알아요? 제발 날 좀 도와줘요. 여기서 좀 나가게 해 줘요.

남자는 난감한 얼굴로 나를 내려다본다. 나는 눈가를 훔치며 계속 눈을 깜빡인다. 세찬 빗줄기 탓에 눈이 잘 떠지지 않는다. 아무것도 보이지 않는다. 남자는 곁에 선 사람에게 무슨 말인가를 하고는 본격적으로 사람들을 떠밀며 움직이기 시작한다.

여기 잡으세요. 잘 따라오시고요.

나는 그만 주저앉고 싶다. 어디든 편하게 누워 심호흡을 하고 흥분을 가라앉히고 싶다. 이곳으로부터 멀리 떨어져서 세상에, 그곳에선 그런 일이 있었구나, 뉴스를 보듯이 아무 상관 없는 사람처럼 말하고 싶다. 그러나 그렇게 하는 것은 점점 더 어려워진다. 나를 둘러싼 사람들과 어떤 세계라고 할 만한 것들이 나를 점점 가운데로 몰아넣고 어쩔 수 없이 중심에 서게끔 만들고 있다.

자, 네가 어떻게 하는지 보자.

어쩌면 이 순간 모두가 크게 눈을 부릅뜨고 나를 지켜보는지도 모른다. 어떻게든 서둘러 이곳을 벗어나려고 하는 나를 마치 그럴 줄 알았다는 표정으로 쏘아보는지도 모른다.

불이 켜진 작은 식당 앞에서 겨우 허락을 구하고 화장실로 들어간다. 주방 바로 옆, 작은 나무 문을 열고 들어가자 작은 세면기와 변기가 나온다. 젖은 바지가 잘 내려지지 않는다. 간신히 바지를 내리고 변기에 앉자마자 참았던 오줌이 쏟아져 나온다. 단번에 시원하게 나올 것 같다가도 이내 찔끔찔끔 새어 나오는 수준으로 바뀐다. 방귀 소리가 터져 나오고 나는 부끄러운 줄도 모르고 혼잣말을 한다.

세상에. 어쩜 세상에. 도대체.

열이 목덜미를 세차게 긁으며 얼굴 쪽으로 기어오른다. 관자놀이가 제멋대로 불뚝거린다. 머리통이 금방이라도 터질 것 같다. 통제할 수 없는 몸. 통제할 수 없는 생각. 이제 내게 남은 건 온통 통제할 수 없는 것뿐이다.

괜찮으세요?

가게를 나오자마자 우두커니 서 있던 남자가 다가온다. 이 순간 괜찮냐는 식의 질문은 하지 말아 줬으면 좋겠다. 그 말은 지금 내게 너무나 유혹적인 미끼다. 던져지기만 하면 내 내부에서 어떤 말들을, 간신히 움켜쥐고 있는 어떤 감정들을 너무나 쉽게 건져 올릴 것이다. 그런 생각을 할 만큼 나는 나약해져 있다. 한기가 인다. 비 맞은 짐승처럼 온몸이 오들오들 떨린다.

여기 시위에 오신 건 아니시죠? 비가 이렇게 오는데 우산
도 없이. 다 젖으셨어요.

휴대폰 좀 쓸 수 있어요? 전화를 해야 해요.

멀미가 난다. 고개를 숙이면 금방이라도 구토가 치밀 것
같다. 나는 휴대폰을 받아 든다. 그러나 딸애의 전화번호가
생각나지 않는다. 늘 단축키를 눌러 전화를 걸었기 때문이다.
나는 딸애의 전화번호도 알지 못하는구나. 전화조차 걸지 못
하는구나. 그것 말고도 내가 알지 못하는 것은 또 얼마나 많
은지. 나는 빗속에 서서 끙끙거리며 휴대폰을 만지작거린다.

이게 다 무슨 일이에요. 세상에. 이게 다 무슨, 무슨 일인지
모르겠어요. 나, 나는 이, 이런 걸 처음 봐요. 누, 누가 다친 거
죠? 아, 알아요? 무슨 일인지, 아, 알아요?

뭔가 따뜻한 것이 눈동자를 잠시 어루만지고 곧장 빗물과
뒤섞인다. 남자는 잠시 머뭇거리다가 입을 연다. 그런 후에는
단어를 고르고 문장을 만드는 데 공을 들인다. 나이 든 내가
쉽게 이해하도록 배려하고 있는 게 분명하다. 그러나 대체할
수 없는, 순화될 수 없는 어떤 단어들이 마침내 그 사람의 입
에서 나온다. 부적격자. 동성애자. 자격 미달. 레즈비언. 비정
상. 내가 결코 듣고 싶지 않은 말들. 그 말들이 내 안의 잠긴
문을 열어젖힌다. 간신히 통제하던 감정들이 쏟아진다.

딸애 같은 사람들이 가운데 서 있고 편 가르기 하듯 그것을 지지하는 사람들, 반대하는 사람들. 그들을 만류하려고 출동한 경찰과 교직원. 도대체 나는 어디쯤 서 있었던 걸까. 얼마나 서 있었던 걸까. 이 남자가 서 있던 자리는 어디였을까. 그러나 그런 걸 소리 내어 물을 순 없다.

갑자기 다리에 힘이 풀리고 나는 그 자리에 주저앉는다.

여기 앉으시면 안 돼요. 일어나세요.

남자가 내 겨드랑이에 두 손을 넣어 얼른 나를 일으켜 세운다.

나는 무릎이 깨질 것처럼 쑤신다느니 사람들이 조금도 비켜 주지 않았다느니, 휴대폰을 잃어버렸다느니, 딸애의 전화번호를 모른다느니, 횡설수설하며 어쩔 줄 몰라 하다가 눈물을 그치길 포기해 버린다. 그리고 한동안은 통제가 안 되는 스스로를 내버려 둔다. 비는 쉬지 않고 내린다. 멀리 정문 쪽에서 함성이 터진다.

*

다음 날 나는 병원으로 출근하지 않고 딸애가 있다는 병원으로 간다. 날은 환하게 개어 있다. 여전히 무덥지만 여름이 한 고비를 넘고 이제 가을 쪽으로 기울어지기 시작했다는 것을 느낄 수 있다.

오셨네요. 많이 놀라셨죠?

병원 로비로 막 들어섰을 때 누군가 다가와 인사를 건넨다.

그때 댁에서 뵀었잖아요. 저희 거기서 밤샜을 때요. 기억나시죠?

나는 반사적으로 그 사람의 손을 잡고 고개를 끄덕인다. 목구멍이 부어서 목소리가 나오지 않는다. 침을 삼킬 때마다 뾰족한 가시를 삼키는 것 같다. 나는 거의 울먹이는 얼굴로 딸애의 이름을 말한다. 그러는 사이 한 사람이 더 온다. 그들은 잠시 낮은 목소리로 무슨 이야기인가를 한다. 그들의 얼굴이 안개처럼 뿌예지고 제멋대로 뒤섞인다. 누군가 떨리는 내 손을 잡아 주고 어깨를 부드럽게 감싸 준다.

걱정 마세요. 그린은 많이 안 다쳤어요. 잠깐 중환자실에 갔는데 곧 올 거예요.

날 다독이는 목소리. 그러나 그 목소리에 깃든 불안과 긴장, 두려움과 염려 같은 기운은 다 감춰지지 않는다.

중환자실이라니.

입을 열자 하얗게 쉰 목소리가 나온다.

그린은 괜찮아요. 윤지가 많이 다쳤어요. 경이도요. 교사한다는 친구 있잖아요. 다른 한 사람은 연구소에 있다고 했었는데요. 기억 안 나시죠?

누군가 나를 공중으로 들어 올려 빙글빙글 돌리는 것 같다. 그들과 나는 서로를 부축하듯, 그래서 거의 서로에게 매달리다시피 해서 걷는다. 환자복을 입은 사람들과 휠체어를 미는 사람들이 우리를 힐끔거리며 지난다. 간신히 3층 중환자실 앞까지 왔을 때 의자에 앉아 있던 그 애가 몸을 일으키는 게 보인다. 볼 한쪽이 맞은 듯 부어올라 있다. 하얀 붕대가 이마를 감싸고 있고 한쪽 손엔 깁스를 두른 채다.

놀라셨죠? 휴대폰 잃어버리신 줄 몰랐어요. 계속 전화했는데 받으시질 않더라고요. 너무 경황이 없기도 했고요.

그 애의 마른 입술 한가운데가 갈라지며 빨갛게 피가 배어나온다. 나는 손수건을 건네주고 기다란 의자 끝에 무너지듯 앉는다. 그런 다음 복도 바닥의 한 지점을 골똘히 노려본다. 송곳 같은 것이 관자놀이를 찌르는 것 같다. 아니, 뾰족한 뭔가가 머릿속에서 무럭무럭 자라나는 것 같다.

가시 같은 것, 못 같은 것.

나는 내내 그런 걸 키우고 품어 왔는지 모른다. 그런 것들이 외부로부터, 누군가로부터, 나를 지켜 줄 거라고 생각했는지도 모른다. 그러나 그런 것들이 불러오는 건 이토록 끔찍한 통증이다. 나는 자욱하게 차오르는 두통을 두려운 마음으로 지켜본다. 제발 그만하라는 호소에 가까운 말은 겨우 입안에

서만 맴돌 뿐이다.

사람들의 말처럼 딸애는 무사하다. 딸애가 걸어오는 모습을 확인하는 순간. 단단한 벽이 허물어지고 비로소 빛이라 할 만한 것들이, 공기라고 부를 수 있는 것들이 흘러들기 시작한다.

괜찮니? 정말 괜찮아?

딸애의 찢어진 이마와 까진 팔꿈치, 빠진 발톱 주변을 꼼꼼히 보고 만진 뒤에야 나는 비로소 이렇게 물을 수 있다.

중환자실에 있는 사람들은 얼마나 다친 거니? 많이 다쳤어?

딸애는 의자 주변을 서성이는 사람들과 잠시 눈을 맞추고 대화를 나눈다. 그런 다음 돌아와 내 손을 잡고 말한다.

엄마.

그러나 겨우 한마디를 하고 한참 동안 말이 없다. 가만히 훌쩍이는가 싶었는데 이내 통곡에 가까운 울음이 된다. 딸애의 젖은 눈가에 머리칼이 엉망으로 달라붙는다. 그 사람들이 크게 다쳤다는 의미겠지. 그 순간 그게 딸애가 아니어서 정말 다행이라는 생각을 한다.

딸애의 휴대폰으로 담당 간호사와 교수 부인에게 간단한 문자를 남긴다. 사람들이 더 온다. 중환자실에 입원한 사람들의 부모도 온다. 면회를 할 수 없다는 통보를 받은 사람들은 내 곁에 앉아 멍하니 바닥만 내려다본다. 그 모습을 목격하는 순간 딸애가 아니고 그들이 그렇게 되었다는 것에 안도하는 나 자신을 다시금 부끄럽게 깨닫는다. 그럼에도 딸애를 얼른 안전한 집으로 데려가고 싶어서 조바심이 난다.

하반신을 못 쓰게 될 수도 있대. 윤지 말이야.

겨우 딸애를 식당으로 데려온 다음 내가 듣는 이야기는 이런 것이다. 중환자실에 누운 두 사람 중 하나를 말하는 거겠지. 나는 그 사람이 누구냐고 묻지 않는다. 그런 식으로 딸애가 또다시 그 사람을 떠올리게 하고 싶지는 않다.

그래. 일단 뭘 좀 먹어라. 말하지 말고 좀 먹어.

나는 거의 애원하듯 말한다. 딸애는 쥐고 있던 숟가락을 내려놓고 말한다. 말이라기보다는 탄식과 한숨, 비탄과 비통에 가까운 혼잣말이다.

어떻게 사람이 쓰러져 있는데. 몸 위에 밟고 올라가고 물건들을 던지고. 경찰들이 다 보고 있는데도. 사람이 그렇게 많은데도. 그 마른 애를. 걔가 얼마나 소리를 지르고 아프다고 비명을 질렀는데. 사람들이. 다 인간도 아니었어. 개새끼들.

입술을 만지작거리는 딸애의 손이 이파리처럼 떨린다. 곁에 앉은 그 애가 딸애의 어깨를 감싸 안는다.

엄마, 심지어 야구, 그거 뭐지? 야, 야구 배트. 그, 그걸 든 사람도 있었어. 바, 밤이었잖아. 자, 잘 안 보이고. 사, 사람도 너무 많고. 그런 사람도 있었어. 거기. 다 어, 얼굴 하, 한번 보, 본 적 없는 사, 사람들인데.

그 애가 그런 딸애의 손에 숟가락을 쥐어 주며 말한다.

먹어. 일단 좀 먹어.

내가 한마디 거든다.

조금이라도 먹어 봐라. 먹어야 돼. 일단 먹고 나서 이야기하자.

그제야 딸애는 먹어 보려고 한다. 숟가락으로 국에 만 밥알 몇 개를 떠 넣는다. 턱에서 떨어지는 눈물이 식판 위로, 국안으로, 뚝뚝 떨어진다. 간호사로 보이는 사람들이 우리 쪽을 흘끔거린다. 나는 숟가락으로 밥을 떠서 입안으로 밀어 넣고 힘차게 씹어 삼킨다. 아이에게 처음으로 밥 떠먹는 법을 가르치는 부모처럼. 아, 하고 입을 벌리게 한 뒤 씹는 법을 알려 주고 삼키는 것을 확인했던 오래전의 나처럼. 나는 최선을 다하고 있다.

나와 마주 앉은 그 애들이 고개를 숙이고 밥을 먹는다. 손을 뻗으면 언제나 닿을 수 있는 거리. 그러나 나는 이 애들이 나로부터 얼마나 먼 곳에 어떤 모습으로, 어디를 딛고 서 있는지 알지 못했던 게 틀림없다. 그리고 이제 모든 것이 뚜렷해진다. 이 애들은 삶 한가운데에 있다. 환상도 꿈도 아닌 단단한 땅에 발을 딛고 서 있다. 내가 그런 것처럼. 다른 사람들이 그런 것처럼. 이 애들은 무시무시하고 혹독한 삶 한가운데에 살아 있다. 그곳에 서서 이 애들이 무엇을 보는지, 보려고 하는지, 보게 될지, 나는 짐작조차 할 수 없다.

밥알은 좀처럼 삼켜지지 않고 나는 울컥거리며 치솟는 뜨거운 것들을 계속 삼킨다.

*

그날 몇 분이 언제쯤 왜 모이신 거죠?

기자가 묻는다.

그냥 부당 해고에 대한 시위였어요. 평소처럼 저와 다른 강사 두 분, 다른 단체에서 오신 분들이 계셨고 학생 세 명과 제 지인들이 왔고요.

딸애가 대답한다.

그날 오전에 학교 측과 정식 면담이 있었다고 하던데요?

있었는데 취소됐어요. 학과장도 안 오고 총장도 오지 않는데 무슨 면담을 해요. 누구와 면담을 해요.

딸애가 쥐고 있는 일회용 물통을 구기며 시끄러운 소리를 낸다.

최종적으로는 그분의 복직을 원하시는 거죠?

복직이고 뭐고 할 것도 없어요. 그분도 저도 그냥 시간 강사일 뿐이에요. 퇴직금이나 연금 같은 걸 바라고 여기 있는 게 아니라고요. 그분은 그냥 1년짜리 시간 강사였어요. 1년도 아니고 겨우 아홉 달요.

바라시는 게 복직이 아닌 건가요?

저희는 그냥 사과를 바랐어요. 앞으로 그러지 않겠다는 약속도 원했고요. 학교가 너무 말도 안 되는 이유로 강사를 잘 랐으니까요. 납득할 수 있는 이유였으면 그냥 그런가 보다 했을 거예요. 강의 평가가 너무 안 좋았다거나. 그런 합당한 이유들요.

기자가 조그마한 수첩에 뭔가를 적는다. 그러나 딸애의 말에 귀를 기울이고 있는 것 같진 않다. 배달 오토바이 한 대가 교문 안으로 들어간다. 놀란 비둘기들이 한꺼번에 날아오르고 그 바람에 세워 뒀던 피켓 몇 개가 쓰러진다.

학교 측이 말하는 부적절한 강의라는 의견에 대해선 어떻게 생각하세요? 그 강사분이 아무튼 적절하지 않은 강의를 했다고 하던데요.

그건 핑계죠. 그건 정말 변명이에요. 잠깐만요.

딸애가 누군가에게 손을 흔든다. 누군가의 이름을 부르자 머리를 깡충하게 묶은 여자애와 동그란 안경을 쓴 남자애 하나가 온다.

정말 부적절한 강의였는지는 여기 학생들한테 물어보세요.

기자가 그 학생들과 이야기를 나누는 동안 딸애는 입을 다물고 한두 걸음 물러선다. 나는 멀찌감치 떨어진 곳에 앉아서 그런 딸애를 지켜보고 있다. 그러나 그곳에 서 있는 딸애가 무엇을 보는지, 무슨 생각을 하는지, 어떤 마음인지, 아무것도 정확하게 알 수가 없다. 온통 알 수 없는 것뿐이어서 불안하고 초조하기만 하다.

근데 굳이 그런 영화를 보여 주신 이유가 있었을까요? 학생들에게요.

기자가 딸애 쪽으로 돌아서며 묻는다.

수업을 해야 하니까요. 과제를 내 줘야 하고요. 그 영화를 보고 토론하고 자신의 생각을 써서 제출하는 게 그 수업의 과제였어요. 꼭 봐야 하는 영화이기도 했고요. 그게 아니라도 수업은 강사의 권리예요. 늘 그렇게 해 왔다고요. 저도. 다른 강사분들도요.

딸애와 잠시 눈이 마주치는가 싶었는데 그 애는 기자 쪽으로 완전히 돌아선다. 한 손으로 허리를 짚고 비스듬하게 서 있는 자세가 화가 난 것처럼 보인다.

근데 그 강사분과는 어떤 사이시죠?

동료예요.

친하신가 보죠?

저기요. 제가 그런 친분 때문에 여기 와 있는 거라고 생각하세요? 전 여기 이 자리를 지키느라 다른 학교 강의 두 개를 포기했어요. 그만큼 이 문제는 저한테도 다른 강사분들한테도 중요하다고요. 강의는 강사의 아주 기본적인 권리잖아요.

기자가 딸애의 말을 끊고 끼어든다.

혹시 실제로 동성애를 지지하시는 분이세요?

딸애의 대답은 들리지 않는다. 그러나 딸애의 대답을 충분히 예상할 수 있다. 딸애는 숨기거나 감추는 법이 없다. 이것 아니면 저것. 이것도 저것도 아닌 것은 가진 적도, 가지려고 하지도 않는다. 죽은 남편의 성격을 꼭 빼닮았다. 아니다, 그건 딸애가 아직 젊다는 의미일지도 모른다. 젊다는 건 어리석다는 것이니까. 테이블을 따라 뱅글뱅글 돌며 콧노래를 부르던 꼬마가 쭈뼛거리며 내 쪽으로 다가온다. 나는 손을 뻗어 보드랍고 작은 손을 움켜잡는다. 갓 지은 밥처럼 포슬포슬한 손가락. 입에 넣으면 아이스크림처럼 금세 녹아 버릴 것만 같다.

덥지? 이리 와 봐. 이쪽으로 와 봐.

더워요.

이 아이는 자신의 엄마가 중환자실에 누워 있다는 것을 알까. 엄마가 왜 그렇게 되었는지 짐작이나 할까. 아빠가 엄마의 병실을 지키는 동안 외할머니와 외할아버지가 왜 길 위에 나와 쏟아지는 뙤약볕을 노려보고 있는지 알까. 건강한 두 다리와 두 팔로 자신을 번쩍번쩍 안아 들던 엄마가 휠체어를 타고 나타나면 이 아이는 어떤 표정을 짓게 될까. 그런 생각을 하는 순간에도 나는 필사적으로 아이의 조부모가 서 있는 쪽을 보지 않으려고 애쓴다. 어쩌면 나는 그들 노부부에게 사죄를 해야 할지도 모른다. 이 모든 일이 자식을 잘못 키운 탓이라고 머리를 조아리고 눈물을 보여야 할지도 모른다. 그러나 내 딸 때문에 당신의 귀한 자식이 다쳤노라고 어떻게 소리 내어 말할 수 있을까. 누구의 잘못도 아니라고 말하는 저 부부의 마음을 나는 짐작할 수조차 없다.

조그마한 아이를 내 쪽으로 끌어당겨 땀이 흐른 이마를 닦아 준다.

자, 여기 앉아 볼래?

도토리 같은 아이가 내 곁에 앉는다. 전단지 여러 장을 접어 부채질을 해 준다. 보드랍고 매끄러운 아이의 머리칼이 가볍게 흔들린다. 아이가 두 발을 까닥거리며 장난을 친다.

질문은 이어진다.

그럼 그 파트너와 얼마나 되신 거죠? 지금 같이 살고 계신 분이요.

7년이 넘었어요.

그렇게 말하는 딸애의 얼굴에서 잠시 긴장이 걷힌다. 지금 이 시각. 뜨거운 불 앞에서 뭔가를 볶고 굽고 튀기고 있을 그 애를 떠올리는 거겠지.

그러나 그런 관계에 희망이 있을까. 언제든 헤어지고 돌아서면 그만인 거 아닐까.

묻는 사람은 이제 내가 된다. 그러니까 사람들이 사랑이라고 말할 때, 사랑이라는 그 텅 비고 공허한 말을 채우는 세부적인 것들을 나는 떠올리고 있다.

이를테면 너희 둘이 한밤에 누워 서로의 몸을 어루만질 때에 무엇을 어떻게 할 수 있는지. 그런 걸 섹스라고 부를 수 있다면. 여자로서 느낄 수 있는 쾌락이나 즐거움을 너희가 가질 수 있는지. 가질 수 있다면 어떻게 그런 것이 가능한지.

이런 원초적인 호기심들. 남들과 다를 바 없는 생각들. 내 피와 살 속에서 생겨나고 자라난 저 애는 어쩌면 나로부터 가장 먼 사람일지도 모른다. 나로선 결코 알 수 없는 사람일지도 모른다. 정말이지 딸애가 원하는 게 정말 그런 것인지 묻고 싶다. 아이를 가질 수 없는 관계. 아무것도 만들지 못하는 헛된 사이. 영원히 불완전한 채로 남는 삶. 그러므로 그림자처럼 끈질기게 뒤를 따라다닐 사람들의 경멸과 모욕. 감수해야 하는 수치심과 자괴감의 무게.

넌 정말 그런 걸 원하니?

나는 알고 싶다. 아무 상관도 없는 저 사람처럼 조그마한 수첩을 들고 가끔은 메모하는 시늉을 하면서. 아무 기대도, 욕심도, 겁도 없이 무엇이든 묻고 상대방의 대답을 기다리고 싶은지도 모른다. 그러나 뭔가를 알게 된다는 것은 얼마나 두려운 일인지.

그럼에도 나는 질문해야 한다. 그래야만 한다. 묻고 또 묻고 지칠 때까지 물을 수 있어야 한다. 딸애는 내 자식이니까. 끝내는 내가 알고 싶고, 내가 알아야만 한다. 적어도 나는 도망가는 부모이고 싶지 않다. 그런 식으로 회피하고 머뭇거리면서 딸을 잃고 싶지 않다.

여긴 종교 재단이 설립한 학교잖아요. 그래서 사실 받아들이기가 어려운 문제일 수도 있어 보이는데요. 어떻게 생각하세요?

기자는 눈이 부신 듯 손으로 해를 가리고 서 있다. 그 사람이 어떤 표정을 짓고 있는지 확인할 수가 없다.

이건 이해하고 말고 할 문제가 아니에요. 이해해 달라고 사정해야 할 문제도 아니고요. 이건 그냥 권리잖아요. 누구나 태어날 때부터 갖는 거요. 그리고 사생활은 일과 별개예요. 제가 요구하는 게 그렇게 대단한 건가요? 일과 사생활을 구분해 달라는 것. 강사의 기본적인 권리를 지켜 달라는 것. 그건 너무 당연한 거잖아요.

딸애의 단호한 목소리가 들린다.

우리 딸이 죽을 뻔했어요.

젠이 물으면 나는 그렇게 말할 생각이다.

왜? 무슨 일이 있어?

젠이 목소리를 낮추면 곁에 앉아 누구에게도 하지 못한 말들을 밤새 소곤거릴 생각이다. 그러나 사흘 만에 출근한 병원에 젠은 없다.

치매 전문 요양 병원으로 옮겨졌다는 설명이 전부다. 젠이 있던 병실은 텅 빈 채로 벽지와 페인트가 모두 벗겨져 있다. 막 공사가 시작되려는 듯 출입 금지 팻말도 붙어 있다. 축축하고 비릿한 시멘트 냄새가 가득하다.

아무 말도 하지 마. 잠자코 있어. 그냥 그런가 보다 해. 고분고분하라고. 이 사람아.

눈치 빠른 교수 부인이 재빠르게 다가와 내 손을 힘껏 쥐었다가 놓으며 지나간다. 나는 순식간에 담당 환자를 잃고 아무 할 일이 없는 사람처럼 복도를 서성거린다. 아무도 내게 무슨 일이 일어났는지 말해 주지 않는다. 이제 무슨 일을 어떻게 얼마나 해야 하는지도 알려 주지 않는다.

잠시 앉아서 기다리세요.

간호사들은 모두 약속이나 한 듯 데면데면하게 군다. 나는

이곳에 처음 왔던 날처럼 안내 데스크가 보이는 낮은 소파에
앉아서 권 과장의 호출을 기다린다. 그는 점심 시간이 끝나고
도 한참이 지나서야 모습을 드러낸다. 늙은 원장 부부가 앞서
고 그가 뒤따라온다.

아, 여사님. 일 있다고 하시더니 잘 해결하셨어요?

원장 부부가 사무실로 들어가고 그가 나를 조제실로 이끈다.

잠시 이쪽으로 오시죠.

내가 들어서자 그가 탁 하고 소리 나게 문을 닫는다. 자그
마한 창 너머로 응급차 두 대가 보인다. 열린 차 문으로 기다
란 다리들이 빠져나와 있고 하얀 담배 연기가 새어 나온다.
환자 유치를 부탁하며 응급차 기사들에게 또 얼마간의 돈을
쥐여 준 게 분명하다. 요양 보호사들이 거의 반강제적으로 협
회에 내는 회비가 이런 병원에 상납되고 그 돈이 다시 응급차
기사들에게 제공된다는 걸 모르는 사람은 없다. 그들은 어떻
게든 환자가 될 만한 사람들을 찾아낼 것이다. 멀쩡한 사람들
까지 데려와 환자로 만들 것이다. 이곳에 수익을 가져다줄 것
이다.

아무래도 저희 쪽에서는 전문적인 치료도 어렵고 해서 다
른 쪽으로 보내 드렸습니다. 아무래도 여사님께는 직접 뵙고
말씀드리는 게 좋을 것 같더군요.

나는 왜 하필 내가 없을 때 결정한 거냐고 묻지 않는다. 이

사람들의 속셈을 모르는 바 아니니까. 끝내 솔직하게 말하지 않을 테니까. 차 문이 닫히고 응급차 두 대가 주차장을 차례로 빠져나가는 게 보인다.

언제 가신 거죠?

내가 묻고 권 과장이 답한다.

오늘 아침에요. 아무래도 환할 때 가셔서 식사도 하시고 여기저기 둘러보고 하시는 게 나을 거라고 하더군요.

나는 선반을 빼곡하게 채운 작은 주사기와 긴 노즐, 작은 상자들에 담긴 소독제, 커다란 약통들을 보며 잠시 말을 잃는다.

문득 이런 말이 튀어나온다.

과장님은 부모님이 아직 살아 계신가요?

살아 있다면 여든은 훌쩍 넘은 나이겠지. 겨우 그 정도의 말로 뭐가 바뀔 거라고 기대한 건 아니다. 그는 내가 무슨 말을 하고 싶은지 금방 알아챈다.

돌아가셨습니다. 오래전에요.

그러므로 권 과장의 말은 거짓말일지도 모른다.

자기 부모라고 해도 그렇게 할 수 있었을까요. 사람들이 말이에요.

나는 그렇게 중얼거리고 기어이 한마디 더 한다.

이건 정말 아니에요. 아무한테도 동의도 구하지 않고. 심지

어는 나한테도 한마디 상의 없이. 이건 정말 아니에요.

동의를 받아야 할 가족분이 계셨으면 그렇게 했겠죠. 근데 아시다시피 그렇지가 않잖아요. 법적으로 보호사에게 따로 허락을 구해야 하는 것도 아니고요.

권 과장의 얼굴에 피곤하고 지친 기색이 역력하다. 이 한 사람에게만 엄격한 도덕적 잣대를 들이대며 책임을 물을 수 없다는 걸 나도 안다. 오늘날 일이란 행위는 모두 훼손되고 더럽혀졌다. 그것은 오래전에 우리 세대에게 자긍심과 자부심을 불어넣어 주던 역할을 잃은 지 오래다. 사람들은 이제 일의 주인이 아니고 그것에 종노릇을 하며 소외당하고 외면당하지 않기 위해 전전긍긍해야 한다. 그리고 끝내는 일 밖으로 밀려나고 쫓겨나고 실패를 인정해야 하는 순간을 맞는다.

여사님도 여기 일 이번 달까지 마무리해 주셨으면 합니다.

권 과장의 입에서 그 말이 나오는 순간. 내가 내내 이 순간을 각오하고 있었다는 것을 알아차릴 수 있다. 예상했지만 준비하거나 대응할 수 없는 일들. 나는 젠이 입원한 병원이 어디냐고 묻는다.

아시잖습니까. 가족이 아니면 알려 드릴 수가 없어요.

나는 그분의 가족이나 마찬가지예요. 알잖아요.

그런 말이 아니잖습니까.

무슨 말을 더 하려던 권 과장은 고개를 저으며 조제실을 나가 버린다.

나는 조제실을 나와 건물 뒤편에 있는 쓰레기장으로 간다.
그리고 맨손으로 더러운 비닐봉지를 일일이 하나씩 열어 본
다. 변과 토사물, 피와 고름이 뒤섞인 휴지와 기저귀를 골라
내고 젖은 신문지와 깨진 유리병, 더러운 노즐과 주사기 같은
것도 하나씩 골라 낸다.

뒤늦게 따라 나온 교수 부인이 다가온다.

왜 그래. 무슨 일 있어? 과장이 뭐라고 해?

나는 허리춤까지 오는 커다란 쓰레기봉투를 뒤집어 안에
든 것들을 다 쏟아 버린다. 내용물들이 한꺼번에 바닥으로 쏟
아지며 요란한 소리를 낸다.

아이고, 왜 이래. 이 양반이 뭘 잘못 먹었나, 왜 이래.

교수 부인이 내 팔을 잡는다. 나는 그 손을 뿌리치고 말한다.

가서 일 봐.

이러고 있는데 내가 가서 무슨 일을 할 수가 있어. 도대체
무슨 일이야. 무슨 일인지 말을 해야 할 거 아니야.

나는 쪼그려 앉아 쓰레기를 하나씩 골라 내면서 말한다.

진작에 좀 물어보지 그랬어. 도대체 무슨 일이냐고 그 양
반을 옮길 때 한마디라도 해 보지 그랬어. 나한테 전화 한 통
이라도 하지 그랬어.

이 사람아, 여기서 우리 처지가 어떤지 몰라서 그래?

그럼에도 불구하고 했어야 하지 않느냐는 질문을 나는 간신히 삼킨다. 내 잘못이 아니지. 너의 잘못이 아니지. 누구의 잘못도 아니지. 그렇게 말한다면 세상의 수많은 피해자들은 어디서 어떻게 누구에게 사과를 받아야 할까. 이렇게 생각하는 나도 예외가 아니다. 교수 부인은 혼자 떠들다가 돌아가 버린다. 젊은 새댁과 간호사들에게 드디어 그 늙은 여자가 돌아 버렸다고 수군거릴지도 모르지. 그보다 더 심한 말을 속닥거린다고 해도 어쩔 수 없다. 그런 시시한 비난과 조롱을 피하자고 정말 내가 해야 하는 일들을 하지 못하게 되는 것. 이제 더는 그러고 싶지 않다. 사는 동안 내가 너무나 많이 반복해 왔던 그런 일을 또 하고 싶지는 않다.

마침내 찾은 것은 찢어지고 더러워진 두 장의 표창장이다. 다행히 작은 공로패 하나도 찾아낸다. 공로패의 꼭대기 부분이 부서져 있다. 모두 젠이 아끼던 물건들이다. 나는 그것들을 휴지 조각으로 대충 닦아 낸 뒤 가방 한쪽에 담는다.

*

그날 해가 지기 전에 대문이 열리는 소리가 들리고 그 애가 돌아온다. 나는 소파에 웅크리고 누워서 그 애가 신발을 벗고 집 안으로 들어오는 모습을 지켜본다. 그 애의 왼쪽 관자놀이에 아직 푸르게 멍 자국이 남아 있다. 입술 끝에 노란 진물이 말라붙어 있다.

죄송해요. 집에 계신 줄 몰랐어요.

나는 아무 대꾸도 하지 않고 눈을 감는다. 막바지 여름이 내뿜는 습한 열기가 나를 결박하고 놓아주지 않는다. 눈을 감으면 어디선가 물이 새어 들고 나는 자꾸만 젖고 또 젖는 것 같다. 흐물흐물해진 벽지가 떨어지고 벽이 조금씩 주저앉고 집이 금방이라도 무너질 것처럼 끽끽 비명을 지르는 것 같다.

누군가 내 이마를 짚는다.

괜찮으세요?

그 애다. 그러나 내겐 그 손길을 물리칠 기운이 남아 있지 않다.

열이 있어요. 병원에 가 보실래요?

나는 됐다는 듯 손을 내젓는다. 그 애가 호박을 넣은 된장국과 묽은 죽을 끓여 온다.

조금이라도 드셔 보세요. 약을 좀 사 올게요.

그 애가 나간다. 착착. 시계 소리가 적막하게 울려 퍼지는 거실 안으로 길게 노을이 밀려든다. 천천히 몸을 일으켜 본다. 뼈들이 맞닿으며 통증이 살아난다. 팔이 끊어질 듯 아프다. 나는 숟가락을 쥐고 천천히 그 애가 만든 음식을 맛본다.

기운을 차려야지. 일어나야지. 그런 생각을 할 때마다 딸애의 모습이 떠오른다.

딸애는 지금 길 위에 있다.

지금의 나로선 도저히 예상할 수 없는 것들이 무시로 오가는 길 위에 서 있다. 사방으로 뻗은 길 끝에서 자신을 조준하고 달려오는 게 무엇인지 알지 못한 채로. 그런 생각을 하는 동안엔 아무것도 삼킬 수가 없다. 삼켜지지가 않는다.

그 애가 돌아온다. 종합 감기약과 쌍화탕, 커다란 파스도 두 팩이나 있다. 나는 약을 먹고 그 애의 등과 어깨에 파스를 붙여 준다. 포장지를 뜯고 파스를 꺼내고 비닐 구겨지는 소리가 고요한 거실을 채운다. 그 애가 티셔츠를 올리자 등과 허리춤에 기다랗고 붉은 자국이 남아 있다. 어딘가 날카로운 것에 긁힌 것 같다.

병원에는 가 봤니?

내가 묻는다.

아뇨. 그럴 정도는 아니에요.

비닐을 떼어 낸 파스가 제멋대로 엉겨 붙는다. 시원한 박하향이 퍼진다. 나는 손톱을 세우고 모서리를 떼어 내며 중얼거린다.

엑스레이를 찍어 봐야 할 텐데. 혹시 모르잖니. 그래도 흉터가 남겠구나. 나중에 신경통이 생길지도 몰라. 그런 건 잘 안 낫는다.

그 애의 등에 자잘하고 오돌토돌한 자국들이 남아 있다. 거뭇거뭇하게 피부색이 변해 버린 곳도 있다.

아토피가 있었거든요. 어렸을 때요.

그 애는 그렇게 말하고 만다.

아토피라니. 부모님이 마음고생이 많았겠구나. 어린애들은 피부가 보드라워서 금방 짓무르고 흉터가 남지.

나는 파스를 펼치고 그 애의 등에 하나를 붙인다. 그리고 또 다른 파스를 꺼내 비닐을 벗긴다. 내가 움직이자 그 애가 비스듬하게 자세를 바꾼다. 한쪽 어깨에 시커먼 멍 자국이 선명하다. 피부가 찢어진 자리에 빨갛게 핏자국이 고여 있다.

그래도 병원에는 꼭 가야지. 겉으로만 봐서는 잘 모르는 거니까. 일하는 식당 근처에 정형외과가 있니? 귀찮아도 꼭 한번 가 봐라.

그 애는 아무 말도 하지 않는다. 나는 대답도 반응도 없는 질문을 하고 혼자 대답하고 또 다른 말을 계속 늘어놓는다. 어쩌면 그런 식으로 정말 내가 하고 싶은 말을 참고 있는 것인지도 모른다.

날이 저물고 나는 그 애와 함께 딸애가 서 있는 길 위에 도착한다.

한밤에 피켓을 든 사람들이 그곳에 있다. 작은 조명 아래 사람들의 표정이 일렁이고 앞에 나선 누군가가 무슨 말을 하는 중이다. 나는 멀찌감치 떨어진 뒤편에 자리를 잡는다. 그애는 조금 더 앞쪽으로 걸어간 다음 딸애 곁에 나란히 선다. 서로를 향해 몸을 숙이고 무슨 이야기를 나누는 것 같다. 맞은편에서 떠들썩한 말소리가 섞이더니 커다란 음악 소리가 터진다. 그 바람에 진지한 분위기가 깨지고 잠시 소란이 인다.

저 사람들이 저러는 거. 뭐, 하루 이틀 일인가요. 병원에 계신 분들을 위해 기도해 주세요.

그렇게 말하는 건 지난번 크게 다친 누군가의 가족이다. 아직 중환자실에 누워 있는 그 사람. 그곳에 모인 사람들이 따뜻한 목소리로 입에 올리는 이름. 그 사람의 부모는 가고 없다. 그 사람의 어린 아들도 보이지 않는다. 그렇다면 이 여자는 언니일까. 이모일까. 어쩌면 가족이 아닐지도 모르지.

이것 좀 먹어 봐요.

나는 그 사람이 말을 마칠 때까지 기다렸다가 집에서 싸온 과일과 시원한 물 한 병을 건네준다.

멀리 마이크를 잡은 딸애가 무슨 말을 하는 게 들린다. 스피커를 통해 나오는 딸애의 목소리는 차분하고 진지하다. 그러나 반대편에서 솟구치는 음악 소리와 말소리 탓에 내용을 알아듣기는 힘들다. 나는 그곳에 앉아 그 모든 소란을 지켜보면서 할 말을 잃는다.

내가 이런 곳에 있다는 사실. 욕설과 비난이 향하는 바로 이 자리에 앉아 있다는 현실. 모든 게 거짓말처럼 느껴진다. 딸애와 그 애가 만든 이런 장난 같은 일에 휘말리고 이번에도 바보처럼 당한 거라는 생각이 든다. 그러나 이것이 장난 같은 일이라면, 하반신이 마비될지도 모르는 그 사람의 너무나 명백한 비극은 어떻게 생각해야 하는 걸까. 어쩌면 지금 이 순간에도 딸애의 주변을 어슬렁거리며 공격할 순간을 기다리는 그 수많은 비극들은 어떻게 막아야 하는 걸까.

그러므로 이제 나는 저기 반대편에 모여 선 사람들처럼 말할 수 없다. 그래서는 안 된다. 이 애들에게 보이지 말라고 이야기하고, 조용히 침묵하라고 명령하고, 죽은 듯 지내거나 죽어 버리라고 말할 수는 없다. 그런 말을 하는 사람들 편에 내가 서 있을 수는 없는 노릇이다. 그러나 그것이 이 애들에 대한 완벽한 이해를 의미하는 건 아니다. 그렇다면 나는 어디에 서 있는 걸까. 서 있어야 할까.

나는 이 애들이 측은하다. 가엾고 불쌍하다. 그런 의미에서 나는 잠시 발걸음을 멈추고 호기심을 보이다가 다시금 멀어지는 저 많은 행인들과 다를 바가 없다.

뭘 좀 먹었니?

나는 한참 만에 딸애와 짧은 대화를 나눌 수 있다.

아까 사람들이랑 저녁 먹었어. 여긴 왜 왔어? 몸살이라며.

얼른 들어가. 내일 출근해야 하잖아. 난 괜찮으니까 그만 가.

그래야지.

함께 집으로 돌아가자는 말이 목구멍까지 올라온다. 그러나 그 말을 참는다. 그 말을 하고 나면 다른 말이, 또 다른 말이 나오리라는 것을 너무나 잘 알기 때문이다. 나는 곧 돌아가겠다고 말한 뒤 다시금 딸애의 모습이 내다보이는 곳에 자리를 잡고 앉는다.

10시가 지난다. 반대편에서 으르렁거리던 사람들이 잠잠해진다. 내일을 기약하고 집으로 돌아간 거겠지. 긴 싸움. 지금 이곳에선 보이지도 않는 아주 멀고 먼 내일을 각오해야 하는 싸움. 숨 가쁘게 정차하던 시내버스들이 뜸해지고 정류장이 한산해진다. 교문 너머 우뚝 선 건물들은 눈을 부릅뜬 것처럼 환하다.

제 동생은 하늘에서 뚝 떨어지지 않았어요. 어느 날 갑자기 어디선가 불쑥 나타난 괴물이 아니라고요. 제 동생에게도 부모가 있고 형제가 있고 친구가 있어요. 걔를 사랑해 주는 사람들이 있어요.

테이블 앞에서 누군가 소곤거리며 이야기를 시작한다.

그래. 그렇지.

나는 혼잣말을 하며 그 이야기를 듣는다.

그냥 우리는 여기 있어요. 여기 있다고요. 그래, 너희가 여기 있구나, 그렇게 알아주는 것. 저희가 원하는 건 그뿐이에요.

또 누군가 말한다.

그래. 그런 거지.

나는 그 이야기도 듣는다. 듣고, 또 듣고 계속 듣는다. 얼마나 들어야 나도 비로소 어떤 말인가를 시작할 수 있을까.

나는 내 딸이 이렇게 차별받는 게 속이 상해요. 공부도 많이 하고 아는 것도 많은 그 애가 일터에서 쫓겨나고 돈 앞에서 쩔쩔매다가 가난 속에 처박히고 늙어서까지 나처럼 이런 고된 육체노동 속에 내던져질까 봐 두려워요. 그건 내 딸이 여자를 좋아하는 것과는 아무 상관이 없는 일이잖아요. 난 이 애들을 이해해 달라고 사정하는 게 아니에요. 다만 이 애들이 잘할 수 있는 일을 하도록 내버려 두고 그만한 대우를 해 주는 것. 내가 바라는 건 그게 전부예요.

이를테면 그런 이야기를 나도 소리 내어 말할 수 있게 될까. 딸애에 대한 두려움과 서운함, 배신감과 노여움 같은, 어떤 감정이라 할 만한 것들이 다 빠져나가고. 그 애들이 서 있는 자리가 바로 가차 없는 세계의 한가운데라는 걸 말할 수 있게 될까.

다음 날 첫차를 타고 집에 들어섰을 때 전화벨이 울린다.

여사님이세요?

수화기 너머의 목소리가 요양 병원의 젊은 새댁이라는 건 한참 만에 알아차린다.

메모할 수 있으세요? 메모하세요. 빨리요.

새댁이 더듬거리며 주소를 읽어 주고 나는 그것을 홍보지 귀퉁이에 받아 적는다.

*

젠이 옮긴 병원은 버스로 세 시간이 넘게 걸리는 곳이다. 택시는 비닐하우스가 늘어선 2차선 도로 끝에 나를 내려 주고 돌아가 버린다. 나는 땀을 뻘뻘 흘리며 멀리 교회 건물을 향해 걷는다. 오래전 교회로 쓰던 건물을 개조한 요양원은 한눈에도 볼품없고 열악해 보인다. 마당에 묶여 있던 개 두 마리가 몸을 세우고 이를 드러내며 짖는다.

나는 젠에게 이런 이야기를 한다.

어르신. 우리 딸이 죽을 뻔했어요.

응. 딸이 있어?

네. 딸이 있어요.

딸 하나?

네. 하나요.

응. 곱겠어. 엄마가 고우니까. 엄마를 닮았으면 얼마나 예쁘겠어.

아니다. 그곳에서 나를 기다리고 있는 건 그런 자상하고 다정한 젠이 아니다. 젠을 돌보던 보호사는 며칠 만에 갑자기 젠의 상태가 나빠졌다고 말했다. 어쩌면 수면제를 과다 처방했는지도 모른다. 쇠약한 노인들은 단 하룻밤 만에 상태가 돌이킬 수 없을 만큼 악화되기도 하니까. 나는 얼빠진 얼굴로 보호사의 이야기를 듣는다.

누운 젠의 눈에는 초점이 없다. 천장을 향해 멍하니 벌어진 두 눈. 그 두 눈이 향하는 곳이 내가 서 있는 이 세계가 아니라는 것만은 분명히 예감할 수 있다.

어르신.

나는 젠의 손을 찾아 쥐고 젠의 입술 가까이에 귀를 대 본다. 가늘고 연약한 숨소리라도 감지하기 위해서다. 아직 젠이 살아 있는 증거를 찾기 위해서 필사적이 된다. 나는 젠의 이마를 쓸어 주고 이불 속에 있는 젠의 마른 발을 힘껏 움켜쥔다.

그래도 이 정도는 아니었어요. 정신이 오락가락하긴 했지만 식사도 잘 하시고 말씀도 잘 하셨는데. 어르신, 어르신. 저예요. 저, 기억나세요? 여기 봐요. 나 좀 봐요.

여덟 개의 침상이 나란히 놓인 작은 방. 몸을 세워 앉은 두 사람을 제외하곤 모두 반듯하게 누운 채 움직임이 없다. 낡은 선풍기 두 대가 회전할 때마다 끽끽 소리를 낸다. 그 소리를 제외하면 이곳엔 소리라고 할 만한 것이 아예 없는지도 모른다. 아니, 내 귀가 어떻게 되어 버린 건지도 모르지. 내 몸의 모든 감각이 일시에 정지해 버린 것 같다.

뒤따라온 보호사가 못마땅한 얼굴로 중얼거린다.

저도 조금만 여유가 있었으면 신경을 썼을 거예요. 그런데 아시다시피 그럴 여유가 없어요. 여긴 2교대로 돌아가거든요. 그날은 마침 또 저녁 담당자가 늦어 버려서.

그 사람의 몸에서 땀 냄새와 덜 마른 수건 냄새가 난다. 나는 생각난 듯 사 온 음료수 하나를 딴다. 여자에게 하나를 건네주고 깨어 있는 두 노인에게 음료수를 쥐여 준 다음 나도 한 모금 마셔 본다. 갑자기 기침이 터져 나온다. 나는 다른 말을 해 보려고 한다. 그러니까 젠은 이런 취급을 받아야 하는 사람이 아니라는 이야기다. 이보다 훨씬 더 따뜻한 대우를 받을 자격이 있다는 말이다. 그러나 말은 매끄럽게 나오지 않는다. 어떻게든 나는 젠이라는 사람을 설명해 보려고 한다.

그 여자는 결국 내 말을 끊고 이렇게 말한다.

자격이라뇨. 그럼 여기 그런 취급을 받아도 되는 사람이 있나요? 그분이 어떻게 살아오셨는지 전 잘 몰라요. 그런 걸 일일이 다 알 필요도 없고요. 알았다고 해도 뭐가 달라졌을까요. 결국 이런 데서 아무도 모르게 죽는 건 똑같았을 텐데요.

보호사가 병실을 나가려고 한다.

뭐 다른 말씀은 없으셨나요? 누구를 찾으셨거나 보고 싶다고 하셨거나. 뭘 잡숫고 싶다는 이야기도 없었어요?

나는 손수건으로 얼굴을 닦으며 묻는다. 땀이 난다. 얼굴이 자꾸만 젖는다. 한 팔로 다른 팔을 감싼 노인 하나가 절뚝거리며 병실 앞을 기웃거린다. 앞을 보고 있지만 초점이 없는 눈빛이 그대로 나를 비켜난다.

아유. 또 나오셨네. 누워 계시라니까. 어르신, 어르신!

자, 잠깐만요.

나는 다시금 더듬거리며 무슨 말인가를 해 보려고 한다. 여자는 빈 음료수 병을 내려놓고 나와 눈을 맞춘다.

훌륭한 삶요? 존경받는 인생요? 그런 건, 삶이 아주 짧다고 생각하는 사람들이나 하는 말이에요. 봐요. 삶은 징그럽도록 길어요. 살다 보면 다 똑같아져요. 죽는 날만 기다리게 된다고요. 사무실에 가서 물어보세요.

그러나 내가 사무실에서 들은 건 가족이 아니면 젠을 데려갈 수 없다는 말뿐이다. 피를 나눈 직계가족이 아니면 아무런 권한도 자격도 없다는 말이 전부다. 나는 쫓겨나듯 사무실을 나와 개가 짖는 마당 한가운데 서 있다. 개들이 금방이라도 달려올 듯 맹렬하게 짖는다. 악에 받친 그 소리가 금방이라도 달려들어 내 귀를 물어뜯을 것만 같다.

젠은 이곳에서 죽을 것이다.

어느. 날 출입문 쪽을 향해 웅크려 누운 자세로 숨을 거둘 것이다. 사람들은 죽은 젠을 치우고 말끔히 침상을 정리한 뒤 새로운 환자를 맞을 것이다. 젠의 딱딱하게 굳은 몸은 아무런 연고가 없다는 이유로 불 속에 던져질 것이다. 새하얗게 남은 뼛가루에 번호가 매겨지면 무연고자 창고 한 귀퉁이에 놓일 것이다. 그곳에서 유골함만큼의 자리만 차지한 채 10년을 보낼 것이다. 그리고 마른 벌판에 쏟아부어질 것이다. 과거도, 추억도, 유언도, 가르침도, 애도의 말 한마디 없이.

젠의 죽음은 자신처럼 살지 말라는 경고가 될 것이다.

나는 아무 할 일도 없는 사람처럼 마당을 이리저리 걸어다닌다. 사납게 짖던 개들이 잠잠해지고 나는 다시금 마당 한쪽에 주저앉는다. 머리 위로 해가 저문다.

젠에게 가 봐야지, 뭐라도 해 봐야지.

그러면서도 내가 하는 일은 그곳에 앉아 무력하게 지는 해를 올려다보는 것뿐이다.

이 망할 놈의 더위. 세상에. 사람들을 다 말라 죽이는 이 무더위.

뜨거운 허공을 노려보면 순식간에 얼굴이 홍건해진다. 손수건으로 코를 풀고 눈가를 매만진 뒤 심호흡을 해 본다. 이대로 모든 걸 단념한 것은 아니다. 어차피 안 되겠지, 방법이 없겠지, 내가 할 수 없는 일이겠지, 그런 식으로 포기하려는 것은 결코 아니다. 그건 너무나 쉬운 방법이니까. 누구나 할 수 있는 거니까. 나는 이대로 돌아가지 않을 것이다. 그럴 수는 없다.

어스름이 깔린 좁은 길을 따라 조그마한 냉장 트럭 한 대가 마당 안으로 들어온다. 기사가 크기가 다른 아이스박스와 식재료를 입구에 내려놓고 사무실 직원에게 간이 영수증을 건네며 무슨 말인가를 한다. 그사이 앞치마를 입은 여자 둘이 나와 커다란 양념통과 비닐에 담긴 식재료를 들고 들어간다. 나는 그곳에 없는 사람 같다. 아무도 나를 신경 쓰지 않는다.

뭘 어떻게 해야 할까.

떠오르는 건 사람들을 밀치고 병실로 쳐들어가서 젠을 업고 나오는 실현 불가능한 생각뿐이다. 내가 할 수 없는 것. 한 번도 해야겠다고 생각하지 않은 것. 눈을 감으면 시간이 떠내려가는 소리가 오싹하다. 순식간에 낮과 밤이 바뀌고, 여름과 겨울이 가고, 비가 퍼붓다가 개고, 푸르게 녹음이 차올랐다가 앙상하고 메마른 배경이 내려앉는다. 이 계절 속에서 나는 돌이킬 수 없이 늙어 버렸는지도 모른다.

그러는 동안에도 나는 그곳을 떠나지 않는다. 이제 내가 할 수 있는 건 그만 집으로 돌아가자고 속삭이는 나 자신을 막아서는 것뿐이다. 그런 식으로 체념하는 걸 유보하는 것뿐이다. 기다리는 것뿐이다. 나는 결심한 듯 몸을 일으키고 건

물 안으로 들어온다.

저기요. 근데 무슨 관계라고 했죠? 관계요, 관계!

병실 쪽으로 다가갈 때 사무실 쪽에서 누군가가 나와 목소리를 높인다. 가족이 아니면 절대 안 된다고 못 박았던 그 남자 직원이다.

아무 관계도 아니에요. 아무 사이도 아니라고요.

나는 그렇게 대답하고 화가 난다는 듯 쏘아붙인다.

며칠만 모시고 있겠다는데 그걸 왜 못 하게 해요? 병실에 와서 그분이 어떤 상태인지 한번 볼래요? 죽은 거나 다를 바 없는 그 불쌍한 꼴을 한번 봐요. 그 늙은 양반이 뭐 천년만년 사는 줄 알아요? 어차피 오늘내일하는 사람인데 절차든 법이든 그게 뭐가 그렇게 중요해요?

직원은 사무실로 들어가려다가 그 자리에 우뚝 멈춰 선다.

그러지 말고 며칠만 제가 모시고 있게 해 줘요. 사흘만. 아니, 이틀만. 하루만이라도. 그렇게 하게 해 줘요. 이젠 정말 시간이 없어요. 다음이란 게 없다고요.

직원이 난처한 표정으로 나를 바라본다. 내가 말한다.

저분은 가족이 없어요. 피를 나눈 직계가족 같은 게 없다고요. 찾아올 사람이 세상천지에 하나도 없다고요. 가족이든 아니든 그게 도대체 뭐가 그렇게 중요해요.

놀랍게도 내 눈에선 눈물 한 방울 나오지 않는다.

*

직원에게 이틀이라 약속했지만 그 약속을 지킬 마음은 없
다. 그렇다고 언제까지나 젠을 보살필 준비가 된 것도 아니다.
세상의 모든 일들이 내가 각오하고 준비될 때까지 기다려 준
다면 얼마나 좋을까. 충분히 생각하고 고민할 시간을 준다면
얼마나 좋을까.

나는 누운 젠의 곁에서 아침을 기다린다. 젠의 몸에 남아
있는 약 기운이 희미해질 때까지 기다리는 것이다. 보호사들
이 습관적으로 젠에게 수면제와 신경안정제 같은 것을 주사
하지 못하도록 지키는 것이다. 9시가 지나자 병실에 불이 꺼
지고 10시가 되자 요양 보호사들이 수면실로 가 버린다. 그러
고 나자 아주 단단한 침묵 속에 갇힌 것만 같다. 밖에서 아무
리 두드려도 열리지 않고 부서지지 않을 견고한 어둠이 나를
에워싼다.

어르신. 뭐 먹고 싶은 거 없어요? 아침에 딸애가 온대요.
제가 오라고 했어요. 제 딸애 보고 싶어 하셨잖아요.

나는 적막을 물리치려고 계속 떠든다. 그렇게 말하는 순간
이 아니면 내가 살아 있다는 걸 믿을 수 없을 정도로 이곳은
캄캄하기만 하다. 모든 게 정지한 것 같다. 나는 휴대폰을 열
고 자꾸만 시간이 가고 있는 걸 확인한다. 그러다가 까무룩

잠이 들고 깨어나길 반복한다.

마침내 눈을 떴을 때 새소리가 들린다. 나는 몽롱한 얼굴로 창가에 다가간다. 새벽녘의 푸른빛이 서서히 걷히고 풍경이 또렷해진다. 어느새 환한 빛이 창을 가득 채운다. 딸애는 날이 밝고도 한참 후에 온다. 아니다. 택시 뒷좌석의 문이 열리고 내린 것은 딸애가 아니고 그 애다.

제가 대신 왔어요. 계속 깨웠는데 그린이 도저히 일어나질 못해서요.

그 애가 멀찌감치 서 있는 동안 나는 젠을 바로 앉히고 그 애가 가져온 옷을 입힌다. 분홍 바탕에 토끼 그림이 그려진 티셔츠와 통이 넓은 반바지다. 그 많은 옷 중에 왜 하필이면 이런 우스꽝스러운 옷을 골라 왔을까. 그럼에도 나는 못마땅한 기색을 내비치지 않으려고 애쓴다. 그 애는 이게 다 무슨 일일까 하는 얼굴로 병실을 둘러보며 눈을 비비고 있다.

젠과 내가 뒷좌석에 앉고 그 애가 조수석에 앉은 다음 택시가 출발한다. 택시가 한산한 도로로 접어들며 속력을 높인다. 나는 에어컨을 약하게 해 달라고 부탁하고 젠이 불편해하지 않을까 신경을 곤두세운다. 사이드미러로 하품하는 그 애의 모습이 보이다 말다 한다. 다시 보니 그 애는 창에 고개를 박고 입을 벌린 채 잠들어 있다. 나는 손을 뻗어 그 애가 앉은 좌석을 조금 뒤쪽으로 젖혀 준다.

괜찮으세요? 불편한 데 없어요? 배 안 고프세요? 뭐 드시고 싶으세요? 응? 조금만 참아요. 다 왔어요.

졸음이 밀려온다. 나는 잠들지 않으려고 계속 말한다. 젠은 정신이 돌아온 듯 고개를 돌리고 나와 눈을 맞추는 것 같다가도 다시금 멍한 표정이 된다. 그리고 어느새 나는 그 애처럼 입을 벌리고 그만 잠이 들어 버린다.

택시가 대문 앞에 선다. 먼저 내린 그 애가 서둘러 대문을 연다. 갑자기 젖혀진 대문이 담벼락에 부딪히며 요란한 소리를 낸다. 나는 뒷좌석 문을 열고 조심스럽게 젠을 밖으로 이끈다. 아주 깊은 잠에서 천천히 깨어나듯 젠의 표정이 조금씩 또렷해지는 걸 느낄 수 있다.

엄마 왔어? 누구야? 뭐야? 응?

대문 앞까지 걸어 나온 딸애가 목소리를 높인다. 그만하라는 내 손짓에도 아랑곳하지 않는다. 결국 맞은편 대문 안쪽에서 인기척이 나고 누군가 문을 열고 나온다. 빗자루를 든 앞집 남자다.

어디 다녀오시는 모양입니다.

하필이면 내 집에 사는 모두가 죄다 골목 위에 나와 있는 지금. 내가 결코 마주치고 싶어 하지 않는 바로 이런 때. 변명의 여지 없이 모든 게 너무나 분명하게 드러난 이 순간에 남자와 맞닥뜨리고 만다.

네. 병원에서 오는 길이에요.

젠의 구부정한 몸이 간신히 택시 밖으로 나온다. 나는 딸에게 젠을 부축하라고 이른 다음 택시비를 치르고 차 문을 닫는다. 주차된 차들을 피해 좁은 골목을 후진해 나가는 택시의 모습이 아슬아슬하다.

어머님이신가 보죠?

내가 병원에서 챙겨 온 짐들을 쥐고 대문 안으로 들어가려고 할 때, 남자가 못 참겠다는 듯 고개를 빼고 묻는다. 나는 고개만 끄덕이려다가 이렇게 말한다.

아니요. 저희 어머니는 오래전에 돌아가셨어요. 이분은 요양원에서 제가 보살피던 분이세요.

그러고는 간단히 목례한 뒤 대문을 닫고 집 안으로 들어온다.

누구야? 엄마, 누구냐고?

그렇게 묻는 딸애와 달리 그 애는 아무 질문도 하지 않는다. 다만 젠을 소파에 눕히고 그 곁에 앉아 젠을 물끄러미 내려다본다. 2층집 꼬마 애들이 노래를 부르며 신나게 발을 구르는 소리가 들린다. 유치원에 가는 시간이겠지. 나는 시계를 올려다보며 소곤거린다.

병원에서 돌보던 분이야. 사정이 있어서 잠시 모셔 왔어.

무슨 사정? 병원에 있는 분을 이렇게 마음대로 데려와도 돼? 응?

딸애는 내 뒤를 졸졸 따라다니며 꼬치꼬치 캐묻는다. 딸애 이마에 아직 빨갛게 찢어진 자국이 남아 있다. 나는 며칠만, 단 며칠만이라고 말한다. 그리고 젠이 있는 거실 쪽을 흘끔거린다. 열린 창 너머 너무나 맑고 투명한 풍경이 펼쳐져 있다. 단 하룻밤 만에 길고 긴 여름을 지나 순식간에 가을로 건너온 것만 같다.

나와 딸애. 내가 데려온 젠과 딸애가 데려온 그 애가 머무르는 집 안에 선선한 바람이 새어 든다. 종일 내가 한 것은 젠의 곁에서 다시금 저녁이 오기를 기다린 것뿐이다. 고요한 저녁이 오고 거짓말처럼 아무 일도 없이 하루가 지난다.

실업 급여를 신청하고 돌아온 다음 날 오전. 나는 집 안의 모든 창을 활짝 열고 조심스럽게 젠을 일으켜 세운다. 젠을 보살피던 그 애가 한두 걸음 물러난다.

고와. 정말 고와. 엄마를 닮아서 고와.

젠의 부드럽고 따스한 눈길이 그 애에게 머무른다. 머뭇거리며 무슨 말을 하려는 그 애를 만류하며 내가 묻는다.

배고프세요? 뭘 좀 드실래요?

뭘 줄 거야?

놀랍게도 젠의 두 눈이 분명히 나를 향한다. 이런 순간엔 기억을 잃고 죽음 근처를 서성이는 늙고 병든 환자가 아니라

길고 긴 삶을 용감하게 건너온 사람 같다.

뭘 드시고 싶어요?

나는 젠의 헐렁한 고무 바지 속을 살피며 묻는다. 자주 기저귀를 갈아도 냄새는 어쩔 수가 없다. 집 안엔 이미 지린내와 역한 냄새가 서서히 쌓이고 있다. 예상했던 일이다. 각오했던 일이다. 젠이 이 집에 머무는 동안 내가 예상하고 각오하지 못한 일이 또 얼마나 남아 있을까.

제가 뭘 좀 만들어 드릴까요?

그 애가 얼른 몸을 일으키며 묻는다. 젠이 손을 뻗고 그 손을 맞잡는 그 애의 얼굴 위로 엷게 미소가 떠올라 있다.

*

나는 종일 젠의 곁에 머문다.

그 덕분에 가끔씩은 딸애에 대한 걱정을 잊고, 그 애에 대한 불만을 잊고, 내 처지에 대한 서글픔도 잊는다. 못마땅한 기색을 보이던 딸애는 며칠이 지나자 입을 닫아 버린다. 불만이라기보다는 더 신경 쓸 여유가 없는 탓이겠지. 그래서 날 돕는 건 언제나 딸애가 아니고 그 애다. 젠을 두고 외출할 때도, 젠의 식사를 준비할 때도, 젠을 목욕을 시킬 때도, 나는 그 애의 도움을 받아야 한다. 젖은 기저귀가 가득 담긴 무거운 쓰레기봉투를 내놓는 것도 그 애다.

할머니. 팔을 드세요. 이렇게요. 이렇게.

아, 해 보세요. 더 크게 아, 아.

주먹을 쥐고 펴 보세요. 아니, 그렇게 말고요.

때때로 젠은 내 말보다 그 애의 말을 더 잘 듣는 것 같다. 내게는 심술을 부리고 억지를 쓰다가도 그 애가 하는 말엔 고분고분해진다. 젠의 기력이 약해지고 있는 탓인지도 모른다. 병원에 있었던 때를 떠올리면 젠의 상태는 점점 더 나빠지고 있는 게 분명하다.

그렇다고 우리의 일상이 늘 쉽고 편하게 흐르는 것만은 아니다. 나는 가끔 짜증을 내고 다그치고 싶은 충동을 참느라 애를 먹는다. 이를테면 젠이 아무런 이유도 없이 식탁에 놓인 컵을 쓰러뜨리거나 집에 가겠다고 소리를 칠 때에 그렇다. 거품이 묻은 채로 욕실 밖을 나가려고 하거나 내 머리칼을 움켜쥐고 한바탕 소란을 일으킬 때도 있다. 그런 순간엔 감당하지도 못할 이런 사람을 데려온 나 자신이 바보 같다. 그럼에도 나는 매번 그런 순간들을 어렵게, 간신히, 넘어서고 또 넘어선다.

누군가를 보살피는 것의 수고로움. 내가 아닌 누군가를 돌보는 것의 지난함. 실은 나는 아름답고 고결해 보이는 이런 일의 끔찍함과 가혹함을 딸애와 그 애에게 알려 주고 싶은지도 모른다. 그 애들이 다만 책에서 읽거나, 누군가에게 전해 듣는 게 아니라 직접 경험하게 하려는 것인지도 모른다.

10년 뒤, 20년 뒤, 나를 이렇게 보살펴 달라고 말하고 싶은 게 아니다. 나는 이 애들이 자신들의 노년을, 젊은 날에는 어떻게 해도 상상할 수 없는 그때를, 그렇지만 반드시 찾아오고야 마는 그 순간을, 단 한 번이라도 생각하게 하고 싶다. 그래서 지금이라도 책임과 믿음을 나눌 수 있는 제대로 된 짝을 찾았으면 좋겠다. 그래서 내가 남겨 두고 가는 것이 걱정과 염려, 후회와 원망 같은 감정이 아니기를 바랄 뿐이다.

어르신. 그 애는 제 딸이 아니에요.

한밤에 젠의 곁에 누운 내가 소곤거린다. 딸애가 대문을 열고 들어오는 소리. 방문이 열리고 그 애가 딸애를 맞이하는 소리. 주방에 불이 켜지고 유리그릇들이 부딪치는 소리. 다시 방문이 닫히고 고요해진다.

그 애는 제 딸이 데리고 왔어요. 저 애들은 친구가 아니에요.

하지만 내 말은 늘 거기에서 멈춘다. 내뱉을 수 없는 말들, 결코 말이 되어 나오지 않는 말들. 내부에 남은 말들이 덜그럭거리고 부딪치며 상처를 내는 것을 또렷하게 느낄 수 있다.

어르신이라면 뭐라고 했을까요? 어떻게 했을까요?

그러나 또 한편으로 그런 말을 할 때 나는 어떤 위로를 받는 것도 같다. 그 순간에는 이 모든 일들이 아주 멀리 있는 일이 아니고 내가 그 모든 일의 한가운데 서 있다는 것을 깨닫게 된다. 그럼에도 내가 무너지지도, 쓰러지지도 않았다는 것을 알게 된다.

누가 왔어? 밖에?

어느 오후에 젠이 나를 부른다. 빨래를 하던 내가 나와 라디오 볼륨을 줄인다. 소파에 비스듬히 누워 나를 올려다보는 젠의 표정이 환하다. 나는 고무장갑을 벗고 젠의 입가에 묻은 호두과자 부스러기를 털어 내 준다. 접시에 수북했던 호두과자는 겨우 서너 개 남아 있다.

아직 한 시간 더 있어야 오잖아요. 조금 더 있어야 해요.

나는 그 애의 방을 가리킨다. 방문을 열고 거실 창을 활짝 젖히고 텅 빈 마당까지 보여 준 다음에야 젠은 질문을 그친다. 그러나 잊은 듯 또다시 같은 말을 반복한다.

누가 왔어? 밖에? 어디서 왔어?

나는 욕실 문턱에 쪼그리고 앉아 걸레를 빨면서 건성으로 대답한다. 그건 대답이라기보다는 여기 내가 있다는 것을 알려 주는 신호에 가깝다. 내 대답은 점점 짧아지고 나중엔 응 응, 하는 중얼거림으로 바뀌어 버린다. 젠은 계속 무슨 말인가를 하고 나는 생각한다.

그 더러운 요양원에 그대로 두었으면 벌써 죽어 버렸을 여

자. 이만큼 상태가 나아졌다는 건 좋은 일이지. 세상에. 이렇게 멀쩡한 사람을 그렇게 산송장 취급하고. 그러나 이대로 한 달이 가고 두 달이 지나고. 그러면 어쩌나. 실업 급여 기간이 끝나고 일을 해야 하는 상황이 오면 어쩌나. 다시금 적당한 요양원을 찾고 젠을 다시 보내야 하나. 그래야 하나.

노란 옷을 입은 아이들이 현관 앞에 모여 서 있었대요. 유치원생 같은 꼬마 애들요.

정확히 보름이 지난 오후에 나는 그날의 이야기를 전해 듣는다. 그 말을 하는 그 애의 얼굴엔 표정이라 할 만한 게 없다. 할머니가 움직이지 않는다며 마당으로 달려 나와 소리치던 그 순간에 머물러 있는 것 같다. 어리둥절한 얼굴. 뭘 해야 할지 모르겠다는 표정. 그 말을 듣는 내 어깨를 딸애가 감싸 안아 준다.

노란 병아리들 같았대요. 조그마한 애들이 몰려와서 재잘거리는 소리 때문에 잠을 못 자겠다고 하셨거든요. 왜들 이렇게 시끄럽게 떠드느냐고. 도대체 무슨 일이냐고요.

젠은 토요일 오후에 숨을 거두었다. 아침 뉴스에서 예보한 것처럼 선선한 바람이 불고 햇살이 좋은 날이었다. 딸애가 케이크를 사러 나가고 내가 마당에서 빨래를 너는 사이 젠은 소파에 비스듬히 누워 잠이 들었다. 주방에서 과일을 씻던 그 애는 젠이 잠든 줄로만 알았다고 했다.

청포도와 딸기로 장식한 동그란 케이크. 딸애가 사 온 케이크는 앙증맞고 먹음직스러워서 보는 것만으로도 침이 고였다. 젠의 자리 앞에 케이크를 놓고. 그 애가 씻은 자두와 복숭아를 그 옆에 놓고. 그러면서 이제 서서히 젠이 갈 만한 곳을 알아봐야지, 생각한 기억이 난다. 이달이 가기 전에. 이 계절이 가기 전에 적당한 곳으로 모셔야지, 다짐한 기억이 난다. 이대로 계속 젠을 맡아 돌볼 순 없으니까. 있는 동안만이라도 잘해 드려야지, 결심한 기억도 난다.

딸애와 나, 그 애가 좁은 주방을 이리저리 오간다. 고요하고 신속한 움직임. 내 신경은 온통 젠에게 가 있다. 그래서 그 애와 한 공간에 있다는 사실, 그 사실이 불러오는 불쾌함과 어색함을 까맣게 잊은 사람 같다. 아무런 거리낌이 없는, 그래서 너무나 자연스럽고 고요한 순간들이 거짓말처럼 지나간다.

젠이 가져다준 평화. 잠깐의 휴전.

그리고 그것은 젠이 마지막으로 주고 간 것이 되어 버렸다. 그 애는 식사 준비를 끝내고 젠을 깨울 때에야 무슨 일이 일어났는지 알게 되었다고 더듬거렸다. 내가 잠시 마당에 나와 2층집 새댁을 부르던 사이. 벨소리가 울리고 딸애가 누군가와 통화를 하던 사이. 그 애는 젠의 손을 잡고 얼굴을 어루만지고 젠의 입가에 가만히 귀를 대 보았다고 했다.

젠이 케이크를 맛본다.

아주 조금만 떠넣고 천천히 삼킨 다음 고개를 끄덕인다. 부드럽고 달콤한 맛에 반해 버린 표정. 만족스러운 얼굴. 나는 딸기에 생크림을 듬뿍 묻혀 건네준다. 누군가에겐 특별할 것 없는 일상. 누구나 누려야 마땅한 소소하고 평범한 순간.

맛이 어때요? 제가 엄청 멀리까지 가서 사 온 거예요.

딸이 말하고 그 애가 대꾸한다.

다음엔 집에서 한번 만들어 볼까? 타르트처럼 좀 납작하게. 오븐 없어도 할 수 있어?

젠의 시선이 딸애와 그 애, 나를 이리저리 오간다.

완벽한 오후.

그러나 내가 상상한 순간은 끝내 오지 않는다. 그런 순간은 늘 너무 이르거나 늦게 도착한다. 알아차리지 못하고 지나치거나 기다리다가 포기하게 만든다. 젠이 마지막으로 본 것은 앙증맞고 먹음직스러운 케이크가 아니고 재잘거리는 어린아이들이다.

죽기 직전에 보는 것.

여리고 맑은 어린아이들을 보았으니 젠은 좋은 곳으로 가겠구나. 그런 생각과 한편으론 내가 몰래 한 걱정과 염려를 젠이 눈치챘을지도 모른다는 생각이 뒤엉킨다. 죄책감과 부끄러움 같은 감정들이 차오르고 다시금 이 모든 일이 내 탓인 것만 같다.

그런 생각을 하는 게 아닌데.

나는 두 손을 매만지며 중얼거린다.

세상에. 그런 생각을 하는 게 아니었는데.

잠시 후 응급실에서 나온 의사가 나를 찾는다. 나와 그 애, 딸애가 보는 앞에서 의사가 날짜와 시간을 또박또박 말한 다음 젠의 몸에 붙어 있던 선들과 장비들을 다 떼어 낸다. 그리고 젠의 몸을 옆으로 돌려놓고 묻는다.

보실 거예요? 괜찮으시겠어요?

죽은 몸뚱이에서 이물질을 빼내려는 거겠지. 이제 죽은 사람이니까. 신속하게 절차대로 처리하려는 거겠지. 나는 돌아서서 그곳을 나온다.

딸애가 내 손을 잡는다. 결국 울음이 새어 나온다. 나는 딸애의 품에 안긴 채, 그러나 젠이 누워 있는 침대 쪽에서 시선을 떼지 못한 채로 어린아이처럼 운다. 그렇게 울 때에 나를 쾅쾅 때리며 지나가는 수많은 감정을 나는 끝내 딸애에게 다 설명할 수 없을 것 같다.

*

정신없이 며칠이 지난다.

변두리 장례식장에서 내준 곳은 상대적으로 비좁고 구석진 일반실이다. 직원 하나가 따라와 불을 켜고 분향대를 덮어 둔 비닐을 걷어 낸다. 퀴퀴하고 젖은 곰팡이 냄새가 난다. 불을 다 켰는데도 침침한 느낌이 가시지 않는다.

겨우 하루니까.

그렇게 생각해도 마음은 편해지지가 않는다. 대부분 비어 있는 방들을 두고 왜 하필이면 한눈에 보기에도 허름한 이런 방을 내주는 걸까.

언제 갑자기 손님이 오실지 모르잖습니까.

장례식장 관리자에게 들은 대답은 그게 전부다. 죽어서도 비용을 지불해야 하는 삶. 그런 건 이제 별로 놀랍지도 않은 일이다. 어디서나 흔하게 목격하는 일 중에 하나다. 나는 때가 낀 천장 모서리를 올려다보고 찌그러진 문틈을 내려다본다. 작업복을 입은 두 사람이 커다란 화분 두 개를 가지고 온다. 향대가 마련되고 향이 켜진다. 매캐한 향이 방 안을 가득 채운다.

영정 사진은 어떻게 할까요?

나는 오래전 잡지에서 오려 낸 게 분명한 사진 하나를 건넨다. 사진은 조그마해서 커다란 액자의 반도 차지 않는다. 젠의 이름이 적힌 명패가 세워지고 조금 더 위쪽에 액자가 놓인다. 그럼에도 분향대는 텅 빈 것처럼 썰렁하기만 하다.

멋쟁이시네.

액자 앞으로 다가간 딸애가 말한다.

이 안경은 요즘 유행하는 건데. 예쁘다. 그지?

응. 그러네.

딸애가 물으면 그 애가 대답을 하고 둘이 무슨 말인가를 소곤거린다.

상주분은 따로 안 계세요?

비용 명세서를 들고 온 직원이 묻는다. 나는 조문객이 많지 않을 거라고 답한다.

그래도 정하셔야 해요. 대표로 이름도 올려야 하고. 저희도 따로 기록하는 데가 있어서요.

제가 할게요. 그럼.

딸애가 나선다.

상주는 보통 남자분이 하시는데요. 남자분은 안 계세요?

이런 순간엔 또다시 딸애의 처지가 떠오르고 순식간에 얼굴이 달아오른다.

남자가 하든 여자가 하든 무슨 상관이에요. 안 된다는 법은 없잖아요.

그 애가 거들고 나선다. 직원이 내 쪽을 돌아다본다. 나는 간단히 고개를 끄덕인다. 이런 식으로 또 궁색하고 초라한 처지를 들켜 버렸다는 생각이 내 속을 할퀴고 간다. 나는 촘촘

히 붙어선 장례식장을 지나 밖으로 나온다. 입구 쪽 두 방을
제외하고는 모두 불이 꺼진 채 비어 있다. 나는 창가에 붙어
서서 쓸데없이 넓기만 한 주차장을 내려다본다. 푸른 천막을
씌운 트럭 두 대와 오토바이 서너 대, 승용차 네댓 대가 전부
다. 띠팟에게는 여전히 연락이 없다. 전화를 받은 관리자는
몇 주 전에 그가 그곳을 그만두었다고 말했다. 띠팟의 동료는
능청스럽게도 그가 어디로 갔는지 모른다고 잡아떼기까지 했
다. 그게 사실인지 거짓말인지는 중요하지 않다. 그럼에도 띠
팟이 이곳에 오게 될지, 결국엔 오지 않을지. 나는 가늠해 보
고 있다.

날이 저물고 교수 부인과 젊은 새댁이 온다.

얼마 안 되지만 보태 쓰세요.

따로 조의함이 마련되어 있지 않은 탓에 젊은 새댁이 내게
봉투를 건넨다. 나는 이런 이야기를 한다. 가족도 없고 재산
도 없는 사람에게는 국가가 얼마간의 장례비를 지원한다는
이야기다. 이렇게 와 준 것만으로도 고맙다는 이야기다. 다만
젠의 죽음이 누군가의 일로, 끝도 없이 이어지는 노동의 일
부분으로 취급되는 게 끔찍했다는 이야기다. 처리해야 하는
잡무처럼 아무 성의 없이 이뤄지는 게 견딜 수 없었다는 고
백이다.

그러는 사이 딸애와 그 애의 친구들 서너 명도 온다. 덕분

에 빈소엔 온기라고 할 만한 것들이 천천히 지펴진다.

그러나 나는 결국 내내 두려워하던 것들과 맞닥뜨리고 만다.

근데 저 애는 누구야?

주방에서 박스에 담긴 음식들을 일회용 접시에 덜고 있을 때 교수 부인이 다가와 묻는다. 나는 냉장고 쪽으로 돌아서며 중얼거린다.

몰라. 딸애가 데리고 온 친구지.

집에서 같이 지내고 있다며?

이 여자는 도대체 누구에게 무슨 말을 들은 걸까. 딸애는 혹은 그 애는 이 여자에게 무슨 말을 얼마나 한 것일까. 속이 다 보이는 짓이란 걸 알면서도 나는 아무 말도 하지 않는다. 내내 화가 난 사람처럼 입을 다물고 있다가 결국 그곳을 나와 버린다.

여기 계셨네요. 뭐 좀 드셨어요?

주차장 귀퉁이 좁은 흡연실에 앉아 있는 나를 찾아낸 건 그 애다. 그 애는 내 곁에 잠자코 앉는다. 주차장을 빠져나가는 차 한 대가 환한 헤드라이트 불빛을 그으며 지나간다. 그 바람에 그 애와 나의 그림자가 기형적으로 길어졌다가 사라진다.

직원이 발인제를 어떻게 할 건지 물어보기에 여쭤보려고 왔어요. 그린은 하지 말자고 하는데, 그래도 그건 다들 하는 거니까. 하는 게 좋지 않을까 해서요.

그리고 그 애는 이렇게 덧붙인다.

죄송해요. 입에 익어서, 이름 부르는 게 잘 안 고쳐져요.

나는 아무 말도 하지 않는다.

괜찮으시면 제가 비용을 조금 보탤 수 있는데요.

내가 말이 없자 그 애는 우물쭈물하며 몸을 일으킨다.

그럼 내일 결정하겠다고 할게요. 어차피 새벽에도 직원들이 있으니까요.

이렇게 있어 줘서 고맙구나.

나는 간신히 입을 연다. 그 애는 다시 앉아야 할지, 돌아가야 할지, 모르겠다는 얼굴로 엉거주춤 서 있다. 나는 앉으라는 손짓을 하고 이런 이야기를 한다. 누군가 내게 너에 대해서 물을 때, 너와 내 딸에 대해서 물을 때, 여전히 무슨 말을 어떻게 해야 할지 모르겠다는 이야기다. 아니다. 알고 있지만, 알게 됐지만, 여전히 그 말을 할 수 없다는 의미다.

나는 모르겠다. 너희를 내가 이해할 수 있을지, 살아생전에 그런 날이 올지.

그 애의 발이 아무렇게나 버려진 담배꽁초들을 하나씩 터뜨린다. 새어 나온 담뱃잎이 시멘트 바닥에 누런 자국을 남긴다.

내가 너희를 이해할 수 있는 기적 같은 일이 일어날까. 때로 기적은 끔찍한 모습으로 오기도 하니까. 포기하지 않는다면 언젠가 오긴 오겠지. 그럴 수도 있겠지. 하지만 그건 시간이 필요한 일이잖니. 나한테 그만큼의 시간이 남았는지 모르겠다.

나는 중얼거린다.

그러나 그런 기적이 오기도 전에 내가 이해한다고 말할 순 없지 않니. 그건 거짓말이니까. 내 딸을 포기하는 거니까. 떳떳하고 평범하게 살 수 있는 내 딸의 삶을 내가 놓아 버리는 거니까. 내가 그렇게 할 수는 없는 거잖니.

멀리 도로에서 커다란 경적이 울린다. 소리는 순식간에 도로 저편으로 달아나 버린다. 그 애는 듣고만 있다. 그럼에도 노력해 보겠다는 말은 끝내 나오지 않는다. 그런 헛된 기대를 심어 주고 싶진 않다. 여전히 내 안엔 아무것도 이해하고 싶지 않은 내가 있고, 모든 것을 이해하고 싶은 내가 있고, 그걸 멀리서 지켜보는 내가 있고, 또 얼마나 많은 내가 끝이 나지 않는 싸움을 반복하고 있는지. 그런 것을 일일이 다 설명할 자신도, 기운도, 용기도 없다.

나는 이런 기억을 떠올린다. 오래전 공손한 자세로 내 앞에 앉아 숨죽여 울던 여자. 죄송해요, 애가 왜 이렇게 말썽만 피우고 엇나가는지 모르겠어요. 여자가 말하면 내가 대답한다. 아직 철이 없어서 그렇죠, 나중엔 부모님 마음을 헤아리게 될 거예요. 교사로서 학부모에게 할 수 있는 최선의 말. 나는 정말 그렇게 될 거라고 믿었는지도 모른다. 그만큼 순진하고 어리석었는지도 모른다. 차라리 그런 일은 결코 일어나지 않을 거라고. 아이는 점점 더 엇나가고 멀어질 거라고. 어떻게 해도 부모가 원하는 자리로 되돌아오지 않을 거라고. 그럼에도 여전히 그 아이는 내 자식이고 나는 그 애의 부모이고. 그 사실만은 절대로 변하지 않는다고 말해 줘야 했을까.

잠깐 들어가서 눈이라도 붙이실래요? 피곤해 보이세요.

한참 만에 그 애가 말한다.

자정이 되기 전에 교수 부인과 새댁이 돌아가고 딸애의 친구 두 명도 돌아간다. 고요한 새벽녘에 그 애와 나, 딸애가 작은 상에 마주 앉는다. 날이 밝기 전에 발인을 하고 나면 화장장에 가야 하고 시청 담당 직원이 오면 이런저런 행정 절차도 마무리해야 한다. 종일 끼니를 못 챙길 수도 있다. 식어 버린 육개장엔 허연 기름이 둥둥 떠 있다. 나는 기름을 걷어 내고 한 숟갈 떠먹는다. 짜고 매운 맛이 강해서 전혀 입맛이 살아나지 않는다. 그럼에도 나는 밥을 말고 그것을 한 숟가락씩 떠먹는다.

먹어라. 많이 먹어야 돼.

나는 수육과 김치를 맞은편으로 밀어 준다. 그 애가 수육 한 점을 먹는다. 나는 따뜻한 물 한 잔을 가져와 그 애들 곁에 놓아 준다. 그리고 남은 밥을 깨끗하게 비운다.

식사를 끝낸 뒤 나는 유가족을 위해 마련된 작은 방으로 들어온다. 그런 다음 독한 향내와 퀴퀴한 먼지 냄새가 뒤섞인 간이 담요를 깔고 눕는다. 착착. 초침 소리가 또렷해진다. 길게 숨을 내쉬면 이대로 몸이 다 녹아내릴 것만 같다. 눈을 감고 잠을 청해 본다. 한숨 자고 나면, 아주 깊고 깊은 잠에서 깨어나면, 이 모든 일이 다 거짓말처럼 되어 버리면 좋겠다. 모든 게 제자리로 돌아와 있으면 좋겠다. 내가 이해하고 받아들이려 노력하지 않아도 되는 순조롭고 수월한 일상. 그러나 이제 나를 기다리고 있는 건 끊임없이 싸우고 견뎌야 하는 일상일지도 모른다.

그런 걸 받아들일 수 있을까. 견뎌 낼 수 있을까.

스스로에게 물으면 고집스럽고 단호한 얼굴로 고개를 젓는 늙은 노인의 모습이 보일 뿐이다. 다시 눈을 감아 본다. 어쨌든 지금은 좀 자야 하니까. 자고 나면 나를 기다리고 있는 삶을 또 얼마간 받아들일 기운이 나겠지. 그러니까 지금 내가 생각하는 건 아득한 내일이 아니다. 마주 서 있는 지금이다. 나는 오늘 주어진 일들을 생각하고 오직 그 모든 일들을 무사히 마무리하겠다는 생각만 한다. 그런 식으로 길고 긴 내일들을 지날 수 있을 거라고 믿어 볼 뿐이다.

작가의 말

지난해 여름 이 소설을 썼다.

소설을 쓰는 동안엔 다른 누군가를 이해하는 것이 불가능하다고 생각했던 것 같다. 이해라는 말 속엔 늘 실패로 끝나는 시도만 있다고 생각한 기억도 난다. 그럼에도 내가 아닌 누군가를 향해 가는, 포기하지 않는 어떤 마음들에 대해 생각하지 않을 수 없었다. 어쩌면 이 소설도 끈질기게 지속되는 그런 수많은 노력 중 하나가 아니었는지.

추천의 말을 써 주신 강영숙 선생님께 감사드린다. 해설을 주신 김신현경 선생님, 여러 번 원고를 읽고 좋은 의견을 주신 민음사 편집부에도 고맙다는 인사를 드린다. 나는 소설의

제목을 짓는 데에 늘 곤란을 겪는 사람인데 박혜진 편집자의
제안이 없었다면 이처럼 마음에 드는 제목을 찾기 어려웠을
것이다.

 돌아보면 소설을 쓴다는 핑계로 곁에 있는 사람들에게 지
나치게 무심했던 것은 아닌지 생각해 보게 된다.
 소설을 쓰는 것은 가까운 사람들에게 아주 잠깐씩만 다정
해질 수 있는 일인지도 모르겠다.

2017년 9월

김혜진

실은, 어머니에 대하여

김신현경(베를린자유대학교 동아시아 대학원 박사후연구원)

이 소설은 어머니와 딸에 관한 것이다. 어머니와 딸의 이야기라, 딱히 새로울 게 뭐 있을까 싶을 수 있다. 그간 가족에 관해 너무도 많은 이야기들을 들어 온 탓이리라. 그러나 조금만 더 생각해 보면, 우리는 딸과 어머니에 대해 무엇을 알고 있을까?

대부분의 가족 이야기에서 중심을 차지하는 것은 아버지다. 권위적인 아버지, 가부장적인 아버지, 고생한 아버지, 늙은 아버지, 폭력적인 아버지, 기운을 잃은 아버지……. 그리고 그 아버지들과 아들들의 관계, 투쟁, 갈등, 애증. 우리에게 익숙한 가족 이야기는 사실 아버지와 아들의 관계에 관한 것이다. 오래전 프로이트가 가족 안에서 형성되는 아동의 정체성을 설명하느라 불러낸 오이디푸스 이야기는 아버지-아들 이야기의 원형이라고 할 만하다.

그리고 프로이트는 아버지와의 관계를 통해 자아를 확립한다는 측면에서는 딸도 아들과 별반 다르지 않다고 보았다. 아테나 여신의 탄생 신화는 이에 걸맞은 아버지-딸 이야기일 것이다. 아버지 제우스의 머리를 쪼개고 완벽하게 성장한 모습으로 태어났다는 아테나는 그 총명함으로 아버지의 사랑을 받았다고 알려져 있다. 제우스는 첫째 부인 메티스의 몸에서 태어나는 아들이 자신의 권력을 위협할 것이라는 신탁을 듣고 그녀를 삼켜 버린다. 당시 메티스는 아테나를 임신하고 있었고, 어머니의 몸에서 나온 아테나는 아버지의 몸 안에서 성장한 뒤 그 머리를 열고 등장했던 것. 딸인 아테나는 영특했지만 자신을 위협하는 아들은 아니었기에 제우스는 마음껏 그녀에게 애정을 줄 수 있었다. 그러니 딸은 프로이트의 말대로 아버지와의 관계를 통해 자아 정체성을 확립한다는 점에서는 아들과 다르지 않을지 몰라도, 아버지를 위협하고 부정하며 마침내 살해하여 그 자신이 가족의 대표이자 역사의 주체가 되는 아들과는 다르게 아버지의 그늘 아래 머무는 존재인 것이다.

그렇다면 어머니들은 어떠한가? 이렇게 아버지의 그늘 아래 머물다가 결혼을 통해 한 남자의 아내가 되고 출산을 통해 어머니가 되는 여성들은, 아들의 소유물적 존재(오이디푸스 이야기)가 되거나 남편에게 잡아먹히는 존재(아테나 이야기)로 등장한다. 아주 오래전 이야기지만 가부장적 가족 안에서 아버지와 어머니, 그리고 아들과 딸의 자리를 살피는 데 있어 이만큼 맞춤한 이야기도 흔치 않다.

그런데 그리스 신화에서 아들이 어머니를 소유할 수 있게 되는 시기는 그가 어머니를 독점한 아버지를 살해한 이후다. 한국의 어머니-아들 이야기는 여기서 결정적으로 달라진다. 한국의 아들들은 아버지를 살해하지 않고도 어머니를 독점한다. 한국에서는 아직도 아이가 태어난 후 여성이 (남편이 아니라) 자신의 아이와 함께 자는 것이 자연스럽게 받아들여진다. 아버지는 어머니에 대한 아들의 신체적 접근을 전혀 차단하지 않고, 어머니는 남편과 아이들을 오가며 다른 방식으로 그들 모두를 보살핀다. 동아시아 나라들에서 나타나는 이와 같은 가족 구조를 일컬어 인류학자들은 '자궁 가족' 혹은 '모성 가족'이라는 용어를 고안해 냈다. 이 나라들에서 하나의 가족은 실상 두 개의 가족 관습으로 구성된다는 것이다. 남성 가장을 중심으로 한 공식 가족인 '부성 가족'과, 그를 제외하고 어머니와 아이들의 관계가 중심이 되는 '자궁 가족' 혹은 '모성 가족'이 그것들이다.*

한국에서 이런 가족제도가 형성된 가장 결정적인 이유는

갓 시집온 젊은 여성의 집안 내 성원권이 바로 그녀가 생산하는 아들을 기반으로 했기 때문이다. 자신을 새로운 가족의 어엿한 구성원으로 존재하게 해 주는 아들에게 그녀가 깊은 애착감을 품게 되는 것은 너무도 당연한 일이다. 게다가 이를 통해 아들의 양육과 교육이 통째로 어머니의 몫이 될 수 있었으니 아버지들도 딱히 마다할 필요는 없었다. 이러한 연유로 한국 사회의 수많은 어머니-아들 이야기는 어머니의 헌신과 희생으로 채색되어 있다. 내친김에 덧붙이자면, 마찬가지 이유로 어머니-며느리 이야기는 질투와 배신, 분노와 경쟁의 감정으로 가득할 수밖에 없다.

어머니의 딸, 딸의 어머니

어머니와 딸 이야기에서 아들이 주로 사라졌거나 아예 없는 이유도 같은 이유다. 어머니를 가족의 성원으로 존재하게 하는 자식-아들이 사라졌거나 없는 그 자리에서야 비로소 어머니와 딸의 관계는 생각할 만한 이야깃거리로 부상한다.

---

* 임돈희, 「여성과 가족 관계」, 『여성학의 이론과 실제』(동국대학교 출판부, 1987); 조혜정, 「한국의 가부장제에 관한 해석적 분석-생활세계를 중심으로」, 『한국의 여성과 남성』(문학과지성사, 1997) 참조.

조금 멀게는 한국전쟁에서 사망한 아들(들)에 대한 애도 없이 생각하기 어려운 박완서의 어머니-딸 이야기들이 그렇다. 가깝게는 1990년대 이후 가끔 대중문화에서 출몰하는 이상한 어머니-딸 이야기들, 예컨대 「마요네즈」(연극과 영화로 만들어졌다.), 드라마 「디어 마이 프렌즈」, 「상류사회」에서도 아들은 없거나 사라진다. 그제야 어머니와 딸은 새삼 놀랍고 낯선 시선으로 서로를 마주하는 것이다. 소설 『딸에 대하여』도 예외는 아니어서 화자인 어머니에게 '자식이라고는 달랑 딸 하나'뿐인 것으로 그려진다.

이 아들 부재의 상황은 시대에 따라 그 배경이 다르다. 박완서 시대의 아들들이 전쟁에서 사망했다면 1990년대 이후 부재하는 아들들은 1960년대 시작된 가족계획과 관련 있어 보인다. 1980년대 가족계획 구호였던 '잘 기른 딸 하나 열 아들 안 부럽다'가 이즈음에 와서 결국 실현된 것일까. 물론 우리가 실제로 맞닥뜨리게 된 것은 성 감별 낙태의 만연과 아들이 훨씬 더 많은 성비 불균형 시대의 도래지만, 어떤 여성들은 여러 가지 이유로 '자식이라고는 딸만 두게' 되기도 한 것이다. 1970년대에서 1980년대 사이 중동에서 일했던 산업역군 아버지, 국가 시책에 충실하게 딸 하나 낳아 양육과 교육에 헌신한 가정주부 어머니 그리고 공부 잘하는 딸로 이루어진 한국 근대화 프로젝트의 전형적인 가족은 오늘날 어떤 상황에 처해 있는가.

가족 계획의 구호처럼, 아들이 없는 어머니는 내심 '열 아들 부럽지 않은 딸'을 기대한다. 그 딸이 공부를 잘한다면 더욱 그렇다. 아들이 부럽지 않을 만큼 사회적으로 성공한 딸, 그래서 여성으로서 결혼에도 성공한 딸을, 딸의 어머니는 바란다. 어머니에게 하나 있는 딸은 아들과 딸에 대한 기대를 동시에 충족시켜야 하는 '남근적 딸'이다.

공부를 너무 많이 시킨 것 같아요. 우리 딸요. 그 애는 실컷 공부했으면 했어요. 대학도 가고 대학원도 가고 그러면 교수도 되고 좋은 신랑감도 만나고 그럴 거라고 생각했어요. 그런데요. 우리 딸은 정말 바보예요. 도대체 무슨 생각을 하는지 모르겠어요. 요즘은 그 애를 생각하기만 해도 숨이 턱턱 막혀요. (83쪽)

이런 화자의 기대를 턱없는 기대라고 비난할 수만은 없다. 공부를 잘하면 계급이 상승하는 시대가 한동안 이어졌으니. 모든 것이 하도 빨리 바뀌어서 여자도 공부만 잘하면 제 힘으로 성공할 수 있는 시대가 온 것 같은 착각이 한동안 사회를 지배했었으니. 그래서 어머니는 자기보다 똑똑하고 아는 것 많은 딸이 '제대로 된' 인생을 사는 것 같지 않을 때 처음에는 놀라고 나중에는 미워하고 종국에는 자신을 원망한다. 한편 딸들은 "엄마같이 살지 않겠어."라고 외치다가 생각과 다른 사회에 어리둥절해하고 종국에는 절망한다.

그런데 이 소설의 딸은 좀 다르다. 딸에 대한 기대를 거두지도 유지하지도 못하는 어머니에 비해 딸은 일찌감치 어머니를 떠난다. 일찍이 자신의 성 정체성을 깨달은 딸은 아프리카 봉사 활동을 다녀온 뒤 어머니가 "상상하지도 않은, 허락하지도 않은 독립"을 감행해 버린 것이다. 이처럼 '남근적 딸'이기를 거부하는 딸은 그러나 경제적 독립을 유지하는 데 어려움을 겪는다. 딸과 딸의 파트너가 하는 일은 독립을 유지할 수 있을 만큼의 충분한 토대가 되지 못한다.

그리하여 화자에게 딸은 "정체를 알 수 없는 프린트물과 책을 넣은 돌덩이 같은 가방을 메고 하루 종일 전국을 떠돌아다녀야 하는 보따리 강사"인 주제에 "아무 상관도 없는 남의 일에. 모른 척하면 그만일 일에 또 참견하고 간섭하면서 일을 벌이"느라 집 보증금을 까먹고 "이제는 월세를 내겠다는 명목으로 정체불명의 여자애와 함께 내 집에 쳐들어와서, 부모를 욕보이려고" 하는 바보 같은 이일 수밖에 없다. 아들처럼 사회적으로 성공하지도 못하고, 딸로서 평범하게 결혼하여 늙은 자신의 몸을 의탁이라도 해 볼 수 있는 삶을 살지도 않는 레즈비언인 딸은 '쓸모'가 없는 것이다.

화자는 자주 딸과 딸의 파트너가 '정상적인' 섹스를 할 수 있는지 궁금해하지만 문제는 비규범적 성적 정체성에 있는 것 같지 않다. 딸이 레즈비언이라는 사실이 화자에게 문제가 되는 진짜 이유는 한국이 "친구나 애인 따위의 허술한 관계"를 믿을 수 없는 사회, 그래서 '그런 관계에 희망이 있을까. 언제든 헤어지고 돌아서면 그만인 게 아닐까.'라고 의심하지 않을 수 없는 사회이기 때문이다.

이름하여 가족주의 사회인 한국에서 사회적 안전망이라고 할 만한 것은 죄다 혈연이나 가족 관계를 중심으로 하는 데다 이 또한 지난 20년 동안 해체, 양극화되어 온 탓에 우리가 마주하게 된 세상은 모두가 모두를 의심하고, 아무도 서로를 믿지 못하는 지옥도의 한 풍경이 되었다. 이성 간의 섹스가 주는 쾌락이 굳건한 가족 관계의 보증서라도 되는 듯 여기는 화자의 생각이 구체적이기보다 추상적인 이유는 그래서일 것이다. 실은 '그것밖에' 없는 관계지만, '그것조차' 없는 관계가 과연 믿을 만한지 어떻게 확신할 수 있겠는가? 이것은 오로지 신체적 감각 외에는 아무것도 믿을 수 없는 전쟁 한복판과 다를 바 없는 세계다. 이런 점에서 박완서의 『나목』이 그리고 있는 한국전쟁의 세계에서 우리는 얼마만큼 건너온 것인지, 이런 아수라장의 한복판에서야 어머니와 딸의 이야기가 등장하는 이유는 무엇인지를 곱씹어 볼 필요가 있을 것이다.

일하고 일하고 또 일하는 여성들

한국의 전후 소설에서 전쟁 통에 남편과 아들을 잃은 여성들이 '바깥일'에 내몰렸듯 그리고 이를 일컬은 '억척 모성'이 한국 어머니들을 설명하는 하나의 개념이 되었듯 이 소설에서도 화자인 어머니는 임금 노동을 하지 않은 적이 없다. 교사로 일했던 그녀는 그 일을 그만둔 후 교습소, 도배, 유치원 통학 버스 운전, 보험 세일즈, 구내식당 일을 거쳐 요양 보호사로 일하고 있다. 일을 할수록 전문성을 인정받아 더 나은 조건, 더 나은 벌이를 기대할 수 있기는커녕 더 나쁜 조건과 낮은 벌이의 일을 전전할 수밖에 없는 화자에게 삶은 그저 "견뎌 내야 하는" 너무도 길고 막막한 것이다. 화자는 이것이 늙음의 문제인지, 시대의 문제인지 궁금해하는데 여기엔 젠더의 문제가 하나 더 추가되어야 할 것이다. 그녀가 교사 일을 그만둘 수밖에 없었던 이유가 바로 혼자서 딸을 돌보아야 했기 때문이다.

이 소설에 나오는 모든 여성 인물들은 일하고 일하고 또 일한다. 화자가 돌보는 젠이라는 여성은 젊은 날 해외에서 공부하고, 한국계 입양아들을 위해서 일하고, 한국에 돌아와서는 이주 노동자들을 위해 일하다가 이제는 치매에 걸려 요양원에 머무르고 있다. 화자의 말을 빌리면 "젊은 날의 그 귀한 힘과 정성, 마음과 시간"을 아무 상관도 없는 이들에게 "함부로 나눠 준" 이다. 요양 보호사 '젊은 새댁'은 일을 하느라 정작 다른 요양원에 있는 자신의 어머니는 돌보지 못한다. 화자가 "어쩔 수 없이 해야 하는 의무나 책임이나 그런 걸 너희가 알아?"라고 비난하는 딸과 딸의 파트너 또한 예외는 아니다. 시간강사인 서른 중반의 딸은 강사에게 가해진 부당한 해고에 반대하는 활동을 하느라 생계를 위한 일을 충분히 하지 못한다. 딸의 파트너는 작은 레스토랑에서 주방 보조로 일하며 딸의 용돈과 생활비를 버는데, 이처럼 여성들은 모두 누군가를 위해 일할 수밖에 없는 처지에 있다. 그리고 누군가를 돌보거나 보조하는 그 일들은 충분히 생산적이지 않다고 여겨진다. 어머니 세대의 그림자 노동이 주로 가족 내 아내나 어머니 역할에 기초한 돌봄의 성격을 띤다면 딸 세대의 그림자 노동은 전문성 부족을 이유로 보조적, 대리적 성격을 부여받는다. 하여 화자는 정작 아무에게서도 무상의 돌봄을 받지 못하고 기억되지도 않는 젠의 삶이 자신과 딸의 미래가 될 것이라는 두려운 예감에서 벗어나지 못한다.

최근 한 문화 연구자는 늘어나는 퀴어 서사가 "사회경제적 불안정이 비규범적 성 정체성이 초래하는 삶의 무게를 압도하는 것으로 재현"되는 특징을 가진다고 보았다. 그에 따르면 이러한 서사는 결국 "성 소수자의 시민적 권리에 대한 이야기라기보다는 경제동물의 형상을 경유하지 않고는 보통 사람을 상상하지 못하게 된 사태"를 가리킨다.[*] 최소한의 경제적 독립도 유지하기 어려운 레즈비언 딸 커플이 등장하는 이 소설도 마찬가지 이야기가 아닐까. 딴에는 그렇다. 비록 속엣말이지만 화자는 이렇게 말하고 있지 않은가.

나는 내 딸이 이렇게 차별받는 게 속이 상해요. 공부도 많이 하고 아는 것도 많은 그 애가 일터에서 쫓겨나고 돈 앞에서 쩔쩔매다가 가난 속에 처박히고 늙어서까지 나처럼 이런 고된 육체노동 속에 내던져질까 봐 두려워요. 그건 내 딸이 여자를 좋아하는 것과는 아무 상관이 없는 일이잖아요. 난 이 애들을 이해해 달라고 사정하는 게 아니에요. 다만 이 애들이 잘할 수 있는 일을 하도록 내버려 두고 그만한 대우를 해 주는 것. 내가 바라는 건 그게 전부예요.(169쪽)

그렇지만 또 한편 우리는 이런 질문을 던질 수도 있지 않을까. 사회경제적 불안정과 비규범적 성 정체성이 깔끔하게 분리될 수 있는 것일까. 쉽게 말해 언제 여성이, 그리고 레즈

---

[*] 오혜진, 「2030 잠금해제 ─ 퀴어 서사와 아포칼립스적 상상력」, 《한겨레신문》(2017년 8월 6일 자) 참조.

비언이 사회경제적으로 불안정하지 않은 적이 있었나.

그렇지만 오해하지 말아야 한다. 이 문장은 운명론이 아니라 존재론이다. 여성의 그림자 노동을 매개로 이윤을 축적하는 자본주의에서, '여성임'을 일종의 신분으로 규정한 호주제가 폐지된 지 채 10년이 안 된 한국에서, 이 모두를 최대한 활용해 신분적 비정규직제를 효과적으로 정착시킨 한국적 신자유주의하에서 여성은 필수적이되 제외되어야 하는 구조적 배제의 자리에 있다. 이성애 가족은 이런 여성들에게 최소한의 사회적 안전망으로 간주되는데, 이와는 거리가 있는 삶을 사는 레즈비언에게 불안정성은 그 자체로 그녀들의 정체성일 수밖에 없다. 이 불안정성이 만들어 내는 이물감이야말로 그녀들에게는 자신이 누구인지를 끊임없이 되묻도록 하는 질료라는 말이다. 그리하여 딸은 "성 소수자, 동성애자, 레즈비언. 여기 이 말들이 바로 나라고. 이게 그냥 나야. 사람들이 이런 식으로 나를 부른다고. 그래서 가족이고 일이고 뭐고 아무것도 못 하게 만들어 버린다고. 이게 내 잘못이야?"라고 묻고, 딸의 파트너는 "제가 아무 생각도, 확신도 없이 그렇게 했다고 생각하세요? 아무 상관도 없는 사람에게 이렇게 할 수 있다고 생각하세요? 돈을 버는 건 저한테도 고된 일이에요. 가끔씩은 저도 너무 힘들어서 죽고 싶고요. 이런데도 저한테 아무 자격이 없다고 생각하세요?"라고 반문한다.

그러니까 비규범적 정체성과 사회경제적 조건을 분리시키려 애쓰는 화자의 앞말은 딸 커플의 질문에 대한 나름의 대답인데, 이는 역설적으로 그녀들의 '비정상적' 정체성이 사회적으로 구성된다는 사실을 드러낸다. 그러니 우리는 이를 한국에서 '보통 사람이 아닌 이들'을 '보통 사람'으로 상상하기 위해서 경제적 존재의 형상을 경유하는 것이 오히려 필수적임을 보여 주는 것으로 읽어야 하지 않을까? 다시 말해 여성과 레즈비언의 시민적 권리를 상상하고 주장하기 위해서 명확히 해야 할 것은 사회경제적 불안정과 구분된 어떤 정체성의 가정이라기보다 불안정이 구성하는 정체성의 움직임 그 자체가 아닐까?

그렇지만 다시 한번 이것은 운명론이 아니라 존재론이기에, 그 와중에 화자를 변화시키는 것은 결국 여성들이고, 그녀들의 돌봄과 일이다. 도대체 어쩌자고 소중한 젊은 날을 상관도 없는 남을 위해 낭비해 버린 젠의 삶, 남의 일에 싸움질까지 불사하는 딸의 투쟁, 딸 파트너의 일상적, 정서적 돌봄은 화자를 조금씩 변화시킨다. 얼마 있지 않은 어머니-딸 이야기마저도 주로 딸의 시선에서 본 어머니라는 점을 생각해 보면 이는 흥미로운 이야기 방식이다. 우리에겐 어머니 자신들의 이야기가 지금보다 훨씬 더 많이 필요하다는 점에서 더욱 그렇다.

그래서 그 어머니가 아직은 레즈비언으로서의 딸을 이해하는 것을 "떳떳하고 평범하게 살 수 있는 내 딸의 삶을 내가 놓아 버리는 것"으로 여긴다고 할지라도 조금 더 기다려 볼 필요는 있지 않을까. "상관도 없는 남"이란 실은 존재하지 않는다는 것을, 우리 모두는 서로의 과거, 현재, 미래일 수 있다는 것을 안 어머니는 하루하루의 일을 무사히 마무리해 온 육체의 힘으로 "기적과도 같은 이해"에 도달할 수 있을 테니. 무엇보다 어머니는 그 무엇과도 상관없이 "각자 자신이 잘할 수 있는 일을 하도록 내버려 두고 그만한 대우를 해 주어야" 한다는 것을 알고 있으니 말이다.

오늘의
젊은 작가
17

딸에 대하여

김혜진 장편소설

1판 1쇄 펴냄 2017년 9월 15일
1판 26쇄 펴냄 2024년 8월 27일

지은이   김혜진
발행인   박근섭·박상준
펴낸곳   (주)민음사

출판등록   1966. 5. 19. 제16-490호
주소   서울시 강남구 도산대로1길 62(신사동)
          강남출판문화센터 5층(06027)
대표전화   02-515-2000 | 팩시밀리 02-515-2007
홈페이지   www.minumsa.com

ISBN 978-89-374-7317-3 (04810)
ISBN 978-89-374-7300-5 (세트)

* 잘못 만들어진 책은 구입처에서 교환해 드립니다.